古典诗词精品

纳兰词

全集

〔清〕纳兰性德 著

知识出版社

图书在版编目（ＣＩＰ）数据

纳兰词全集 ／（清）纳兰性德著. —— 北京 ：知识出
版社，2015.4
（古典诗词精品）
ISBN 978-7-5015-8451-2

Ⅰ．①纳… Ⅱ．①纳… Ⅲ．①词（文学）－作品集－
中国－清代 Ⅳ．①I222.849

中国版本图书馆CIP数据核字(2015)第060546号

古典诗词精品　纳兰词全集

出 版 人　姜钦云

责任编辑　李现刚

装帧设计　罗俊南

出版发行　知识出版社

地　　址　北京市西城区阜成门北大街17号

邮　　编　100037

电　　话　010-88390659

印　　刷　三河市人民印务有限公司

开　　本　710mm×1000mm　1/16

印　　张　15

字　　数　245千字

版　　次　2015年4月第1版

印　　次　2025年1月第4次印刷

书　　号　ISBN 978-7-5015-8451-2

定　　价　52.00元

前　言

　　纳兰性德（1655—1685），清代词人。原名成德，字容若，号楞伽山人，满洲正黄旗人。大学士明珠长子。康熙进士，官至一等侍卫。纳兰性德一生以词名世，尤其擅长小令，多伤感情调，其词风格与南唐李后主相近。著有《通志堂集》《纳兰词》等。纳兰性德是清代词坛上的一颗耀眼明星，在我国词史上占有重要地位，被誉为"清初第一词人"。王国维在《人间词话》中称其"北宋以来，一人而已"。

　　纳兰性德的词以"真"取胜，其词多写爱情、友情，也有咏物言志、思乡怀古、描写塞外江南的词作。性德写情则真挚浓烈，写景则传神逼真，读来让人有无限的感悟与忧伤。性德所写的词作当中，尤其值得注意的是他的悼亡词。纳兰性德与妻子卢氏感情甚笃，遗憾的是卢氏早亡，性德异常悲痛，为其写下了不少悼亡词。悼亡诗词在中国古代诗词史上的数量并不多，比较有名的悼亡诗也只有七八首，悼亡词则更是少见。纳兰性德写下了二三十首情真意切、哀痛欲绝的悼亡词，这不得不说是中国古代诗词史上的一大胜景。严迪昌在《清词史》中这样评价纳兰性德："纳兰的悼亡词不仅拓开了容量，更主要的是赤诚淳厚，情真意挚，几乎将一颗哀恸追怀、无尽依恋的心活泼泼地吐露到了纸上。所以是继苏轼之后在词的领域内这一题材作品最称卓特的一家。"其妻卢氏亡故三年后，性德续娶官氏为继室，感情也相当深厚。后为获取精神上的慰藉，纳江南艺妓女词人沈宛为侍妾，两人情投意合，十分亲密，但两人的结合遭到父亲的强烈反对，以致最后被迫分手。不久后纳兰性德便因疾离世，终成悲剧。除了悼亡词以外，纳兰性德描写边塞风光、边塞生活的词作也不少，纳兰性德笔下雄浑苍凉的边塞词作着实令人耳目一新，这在风格多婉丽的词作当中是非常少见与难得的。

　　本次出版，编者收录了所有现存的纳兰词，共三百四十八首，意在尽可能全面地展现一代词人的真实面貌。书内精心汇集了原文、注解、延展链接等栏目，刊录了历代名家对纳兰词的评论。同时，本书还在附录中选录了顾贞观《饮水词序》、吴绮《饮水词序》、鲁超《今词初集题辞》三篇与纳兰词极其相关的文献，读者可以通过这几篇文献一览纳兰性德在当时文坛中的影响。另外，编者还试图从多方面呈现词作的主题、意境、风格以及背景，以便让读者更好地认识、了解纳兰性德这个如温玉一般的男子的传奇一生。

　　　　　　　　　　　　　　　　　　　　　　　　　　编　者

目 录

2

4

5

附　录

卷　一

梦江南

江南好，建业^①旧长安^②。紫盖^③忽临双鹢^④渡，翠华^⑤争拥六龙^⑥看。雄丽却高寒^⑦。

【注解】

①建业：三国时孙吴都城，今江苏南京市。东汉建安十六年（公元211年），孙权迁治所至秣陵，第二年改称建业。西晋太康元年（公元280年）灭吴，又改名为秣陵，太康三年（公元282年）分淮水（今秦淮河）南为秣陵，北为建业，并改"业"为"邺"。建兴元年（公元313年）因避愍帝司马邺讳，改名建康。后来又改名为金陵，清为江苏江宁府，谓江宁为六朝故都。

②旧长安：长安，今陕西西安市。李白《金陵》诗："晋家南渡日，此地旧长安。"长安为汉唐都城，帝王宅地，后人常以长安作为都城的代表。

③紫盖：紫色车盖，为帝王仪仗之一。专借指帝王车驾。纳兰性德《江南杂诗》："紫盖黄旗异昔年，乌衣朱雀总荒烟。"

④双鹢：即船头绘有鹢鸟图像的船。徐应秋《玉芝堂谈荟》卷二十八载，以鹢鸟形绘于船首两侧，以惧江神。此处指皇帝的游船。

⑤翠华：以翠羽为饰的旗帜或车盖，同紫盖一样为帝王的仪仗之一。

⑥六龙：指皇帝车驾。古代皇帝的车驾用六匹马。《仪礼》郑玄注："马八尺以上为龙。"所以称作六龙。

⑦高寒：地势高而寒冷。张孝祥《水调歌头·金山观月》："江山自雄丽，风露与高寒。"此处指帝王凭着自身仪仗的雄伟壮丽消退了秋时江山的高寒，展现了帝王的气势。

〖延展链接〗

康熙二十三年（1684年）秋，康熙帝首次南巡，抵达扬州、苏州、无锡、镇江、江宁等地。纳兰性德跟随康熙帝巡行，第一次来到美丽的江南之地，见到了前人描述之景，忍不住挥笔作词。

◇ 纳兰词全集 卷一

又

　　江南好，城阙①尚嵯峨②。故物③陵④前惟石马⑤，遗踪⑥陌上有铜驼⑦。玉树夜深歌⑧。

【注解】

①城阙：城市。此处特指京城的城郭、宫殿。

②嵯峨：高峻。

③故物：前人遗物。

④陵：南京明孝陵。明朝开国皇帝朱元璋和皇后马氏的合葬陵墓，因皇后谥"孝慈"，故名孝陵。明清易代之际，陵前建筑毁于战火，仅存石人石马立在那里。

⑤石马：石雕的马。

⑥遗踪：陈迹，旧址。

⑦铜驼：放置于宫门寝殿之前的铜铸的骆驼。此处指铜驼街。《晋书·索靖传》："靖有先识远量，知天下将乱，指洛阳宫门铜驼，叹曰：'会见汝在荆棘中耳！'"铜驼街在今河南洛阳古城中，是古代著名的繁华之地。

⑧玉树夜深歌：玉树，曲名，即陈后主所作的《玉树后庭花》，被后人称作亡国之音。杜牧《泊秦淮》："商女不知亡国恨，隔江犹唱《后庭花》。"

又

　　江南好，怀古意谁传。燕子矶①头红蓼②月，乌衣巷③口绿杨烟。风景忆当年。

【注解】

①燕子矶：地名，今南京东北郊。矶头屹立长江边，海拔36米，三面悬绝，宛如飞燕，故名。

②蓼：一年生或多年生草本植物，叶子互生，花多为淡红色或白色，结瘦果。

③乌衣巷：今南京城内东南角，秦淮河畔的一条巷子。

〖延展链接〗

乌衣巷是晋宋时期王、谢两家名门的聚居之地。纳兰性德来到此地，想起了唐代刘禹锡的诗："朱雀桥边野草花，乌衣巷口夕阳斜。旧时王谢堂前燕，飞入寻常百姓家。"所以结尾写下了"风景忆当年"。

又

江南好，虎阜①晚秋天。山水总归诗格②秀，笙箫③恰称语音圆④。谁在木兰船⑤?

【注解】

①虎阜：即虎丘，在今江苏省苏州市区西北。据《越绝书》载：春秋吴王阖间葬此，"筑三日而白虎踞上，故号为虎丘"。
②诗格：诗歌的风格。此处指山水之美，美如诗。
③笙箫：泛指管乐器。
④语音圆：苏州方言语音柔润，有圆润之美。
⑤木兰船：木兰舟。刘孝威《采莲曲》："金桨木兰船，戏采江南莲。"唐代以后，木兰船常常成为诗人笔下舟船的代称。

又

江南好，真个①到梁溪②。一幅云林③高士画，数行泉石故人④题。还似梦游非。

【注解】

①真个：的确，果真。
②梁溪：江苏无锡以西的水名。梁溪源出惠山，分两支流入太湖，相传南朝梁曾加修浚，故名。

③云林：元代画家倪瓒，字元镇，号云林子，善绘山水。

④故人：泛指友人，性德友人多为江浙名士。此处写性德在无锡见到的多处
　　风景都有故人的题咏。

又

　　江南好，水是二泉①清。味永出山那得浊，名高有锡②更谁争。
何必让中泠③。

【注解】

①二泉：无锡惠山泉，又名"陆子泉"，茶圣评价此泉为"天下第二泉"。

②有锡：无锡的旧称。因此处盛产铅锡，所以得名锡山，后历经汉代、新莽
　　到东汉时期，锡矿枯竭，便改名为无锡县。

③中泠：泉名，即中泠泉，在江苏镇江金山下，现在已经不存在。唐朝时，
　　认为此泉烹茶最佳，故有"天下第一泉"的美称。

又

　　江南好，佳丽①数维扬②。自是琼花③偏得月，那应金粉④不
兼香⑤。谁与话清凉。

【注解】

①佳丽：美丽的花。

②维扬：旧扬州及扬州府的别称。《书·禹贡》："淮海惟扬州。"后人以
　　维扬指代扬州。"惟"通"维"。

③琼花：扬州名花，一种珍贵的花，叶柔而莹泽。

④金粉：黄色的花粉，此处指琼花的花蕊之粉。

⑤兼香：兼，倍也，这里指香气倍于群花。

又

江南好，铁瓮①古南徐②。立马③江山千里目，射蛟④风雨百灵⑤趋。北顾⑥更踌躇⑦。

【注解】

①铁瓮：铁瓮城，今镇江的一座古城。杜牧《润州二首》自注："润州城，孙权筑，号为铁瓮。"

②南徐：镇江旧称。

③立马：驻马，骑在站立不动的马上。

④射蛟：《汉书·武帝纪》："（元封）五年冬，行南巡狩……自浔阳浮江，亲射蛟江中，获之。"此指汉武帝射获江蛟之事，用以喻康熙帝南巡临江之威武。

⑤百灵：诸方神灵。《文选·班固〈东都赋〉》："礼神祇，怀百灵。"

⑥北顾：北固山，又称北顾山，在今江苏镇江东北江滨。三面临江，形势险固，故称"北固"，为眺望江北之佳地，有"京口〈镇江〉第一山"之称。梁武帝称之为"京口壮观"。

⑦踌躇：思量或得意的样子。

〖延展链接〗

康熙帝此次南巡，乘船前往镇江金山寺，途经黄天荡的时候狂风大作，众人吓得面容失色，急忙降下船帆，减慢速度。然而康熙帝却无畏狂风，下令加速前进，高昂船头眺望，举箭射杀江豚。纳兰性德见到帝王如此威武的风范，不由得心生感慨，写下此词。

又

江南好，一片妙高①云。砚北峰峦米外史②，屏间楼阁李将军③。金碧矗斜曛。

【注解】

①妙高：妙高峰，位于今江苏镇江金山。有宋僧所建晒经台，名妙高台，峰亦名妙高峰。

②米外史：米芾，字元章，别号海岳外史，北宋书画家。擅书画，所绘山水，多以点染而成，人称"米点山水"。

③李将军：李思训，唐朝开元初期官至右武卫大将军，人称"李将军"，擅画山水树石，气象富丽。其子李昭道也擅画青山绿水，人称"小李将军"。

又

江南好，何处异京华①。香散翠帘②多在水，绿残红叶胜于花。无事③避风沙。

【注解】

①京华：国都，京城。

②翠帘：绿色的帘幕。

③无事：无须。

又

昏鸦尽，小立恨因谁？急雪乍翻香阁絮，轻风吹到胆瓶①梅。心字②已成灰。

【注解】

①胆瓶：一种像悬胆的花瓶，始烧于唐代，盛行于宋代。朱敦儒《绛都春》梅花词："便须折取，归来胆瓶顿了。"

②心字：即心字形熏香，今称盘香。烧完之后落在地上的灰烬呈一个心字。

又

新来①好，唱得虎头②词。一片冷香惟有梦，十分清瘦更无诗③。标格早梅知④。

【注解】

①新来：新近，近来。

②虎头：东晋画家顾恺之，小字虎头。此处借指顾贞观，二人不仅同姓，且同是无锡人。

③一片冷香惟有梦，十分清瘦更无诗：出自顾贞观《浣溪沙·梅》："物外幽情世外姿，冻云深护最高枝。小楼风月独醒时。一片冷香惟有梦，十分清瘦更无诗。待他移影说相思。"冷香，指梅花的清香。

④标格早梅知：王彦泓《题徐云闲故姬遗照》："天然标格早梅边。"这一句的意思是从早梅身上可知顾贞观诗词的风格。标格，风格。

江城子　咏史

湿云①全压数峰低，影凄迷，望中疑②。非雾非烟③，神女④欲来时。若问生涯原是梦⑤，除梦里，没人知。

【注解】

①湿云：指湿度大的云。李贺《巫山高》："古祠近月蟾桂寒，椒花坠红湿云间。"

②望中疑：龚鼎孳《长相思》："望中疑，梦中疑。"

③非雾非烟：指祥瑞的云。彭孙遹《喜迁莺》："为雨为云时候，非雾非花踪迹。"

④神女：即巫山神女。

⑤若问生涯原是梦：李商隐《无题》："神女生涯原是梦，小姑居处本无郎。"

〖延展链接〗

　　神女，语出宋玉《高唐赋》，宋玉利用神女的故事为楚襄王解释高唐之观上的一种特殊的云气。

如梦令

　　正是辘轳①金井，满砌落花红冷。蓦地②一相逢，心事眼波难定③。谁省？谁省？从此簟纹灯影④。

【注解】

①辘轳：井口汲水用的起重装置。

②蓦地：忽然。彭孙遹《醉春风》："蓦地相逢乍，三五团圆夜。"

③心事眼波难定：难以知晓对方是否有情。王彦泓《戏和子荆春闺》："懒得闲行懒得眠，眼波心事暗相牵。"

④从此簟纹灯影：此句写辗转难眠之状。苏轼《南堂》："扫地焚香闭阁眠，簟纹如水帐如烟。"簟纹，有花纹图案的凉席。

又

　　黄叶青苔归路，屟粉①衣香何处。消息竟沉沉②，今夜相思几许。秋雨，秋雨，一半因风吹去③。

【注解】

①屟粉：指鞋子衬里的沉香屑。屟即鞋子，木屐，与"衣"都是以衣物代指情人。

②沉沉：杳无音讯。

③秋雨，秋雨，一半因风吹去：朱彝尊《转应曲》："秋雨，秋雨，一半因风吹去。"

又

纤月①黄昏庭院，语密翻教醉浅②。知否那人心？旧恨新欢③
相半。谁见？谁见？珊枕④泪痕红泫。

【注解】

①纤月：弯弯的月儿。
②语密翻教醉浅：意为因对方情意深厚，使自己的醉意顿时消退。
③旧恨新欢：欧阳修《渔家傲》："一别经年今始见，新欢往恨知何限。"
④珊枕：珊瑚枕。王彦泓《金缕曲》："珊枕梦，乍惊醒。"

采桑子

彤云久绝飞琼字①，人在谁边。人在谁边，今夜玉清②眠不眠。
香销被冷③残灯灭，静数秋天。静数秋天，又误心期④到下弦。

【注解】

①彤云久绝飞琼字：彤云，代指仙境。飞琼，传说许飞琼是西王母身边的侍女，
　后用来泛指仙女。字，指书信。此句意思是许久没有收到仙女许飞琼从仙
　家天府寄来的书信了。
②玉清：仙女名。徐凝《和嵩阳客月夜忆上清人》："瑶池月胜嵩阳月，人
　在玉清眠不眠。"这里指所思念的人。
③香销被冷：李清照《念奴娇》："被冷香销新梦觉，不许愁人不起。"
④心期：心愿。晏几道《采桑子》："夜痕记尽窗间月，曾误心期。"

又

谁翻乐府①凄凉曲，风也萧萧。雨也萧萧。瘦尽灯花②又一宵。

不知何事萦怀抱，醒也无聊。醉也无聊。梦也何曾到谢桥③。

【注解】

①翻乐府：指填词。

②瘦尽灯花：烛花因蜡烛烧残而越来越小。

③谢桥：古时称所爱女子为"谢娘"，所以称其所居之处为"谢家""谢家
庭院""谢桥"等。晏几道《鹧鸪天》："梦魂惯得无拘检，又踏杨花过
谢桥。"

又

严宵①拥絮频惊起，扑面霜空。斜汉②朦胧。冷逼毡帷③火不红。

香篝④翠被浑闲事，回首西风。何处疏钟。一穟⑤灯花似梦中。

【注解】

①严宵：军中戒严之夜。

②斜汉：秋天的天河（银河）斜向西南，故称斜汉。

③毡帷：毡做的帐篷。梁简文帝《妾薄命》："王嫱貌本绝，跣踉入
毡帷。"

④香篝：熏笼。周邦彦《花犯》："香篝熏素被。"

⑤穟：同"穗"，谷物等结的穗。这里指灯花。

又

那能寂寞芳菲节①，欲话生平。夜已三更。一阕②悲歌泪暗零。

须知秋叶春花③促，点鬓星星④。遇酒须倾。莫问千秋万岁名⑤。

【注解】

① 芳菲节：指春天。芳菲，花草的芳香。毛熙震《后庭花》："莺啼燕语芳菲节，瑞庭花发。"

② 一阕：一首。

③ 秋叶春花：代指秋天和春天。

④ 星星：形容鬓边白发杂生。左思《白发赋》："星星白发，生于鬓垂。"

⑤ 莫问千秋万岁名：杜甫《梦李白》："千秋万岁名，寂寞身后事。"

又

冷香①萦遍红桥梦，梦觉城笳。月上桃花。雨歇春寒燕子家。
箜篌②别后谁能鼓，肠断天涯。暗损韶华③。一缕茶烟透碧纱。

【注解】

① 冷香：清香的花香。

② 箜篌：古代一种拨奏弦鸣乐器。后用作思妇怀人的象征。

③ 韶华：美好的年华。

又　　九日①

深秋绝塞②谁相忆，木叶萧萧。乡路迢迢。六曲屏山③和梦遥。
佳时倍惜风光别，不为登高。只觉魂销。南雁归时更寂寥。

【注解】

① 九日：农历九月初九重阳节。

② 绝塞：遥远偏僻之地。

③ 六曲屏山：六扇屏风。龚鼎孳《罗敷媚》："分明六曲屏山路，那得朦胧。"

又　　咏春雨

嫩烟分染鹅儿柳①，一样风丝②。似整如欹。才着春寒瘦不支。
凉侵晓梦轻蝉腻③，约略红肥④。不惜葳蕤。碾取名香作地衣⑤。

【注解】

①鹅儿柳：浅黄似雏鹅毛色的嫩柳。

②风丝：微风。

③蝉腻：蝉鬓、腻云的省称。蝉鬓，指妇女发式。腻云，比喻发鬓十分光洁。

④红肥：指花朵因雨水滋润而盛开得更加鲜艳。杜甫《陪郑广文游何将军山
　　林》："绿垂风折笋，红绽雨肥梅。"

⑤地衣：地毯。陆游《感昔》："尊前不展鸳鸯锦，只就残红作地衣。"

又　　塞上咏雪花

非关癖爱轻模样①，冷处偏佳。别有根芽，不是人间富贵花②。
谢娘③别后谁能惜，漂泊天涯。寒月悲笳，万里西风瀚海④沙。

【注解】

①轻模样：形容雪花飘飞的轻盈之态。孙道绚《清平乐·雪》："悠悠飏飏，
　　做尽轻模样。"

②富贵花：指牡丹之类的花。周敦颐《爱莲说》："牡丹，花之富贵者也。"

③谢娘：指南朝谢道韫，谢道韫曾咏过雪花。

④瀚海：戈壁沙漠。此处泛指塞外之地。

又

桃花羞作无情死，感激东风。吹落娇红。飞入闲窗伴懊侬①。

谁怜辛苦东阳瘦②，也为春慵。不及芙蓉③。一片幽情冷处浓④。

【注解】

①懊侬：烦闷。此指烦闷的人。

②东阳瘦：指沈约身体消瘦。东阳，地名，南朝沈约曾任东阳太守。

③芙蓉：传说唐朝李固考试落第，后遇一老妇人，老妇人预言李固第二年会在芙蓉镜下科举及第，二十年后还将官拜宰相。后果如老妇所言。此处"芙蓉"所指便是这事关科举的"李固芙蓉"的典故。

④一片幽情冷处浓：王彦泓《疑雨集·寒词》："个人真与梅花似，一日幽香冷处浓。"

〖延展链接〗

　　康熙十一年，纳兰性德参加顺天府乡试，考中举人。十二年二月纳兰性德参加会试，中式；三月殿试时，纳兰性德忽染疾病，未能参加。词即缘此而作。

又

海天谁放冰轮①满，惆怅离情。莫说离情。但值良宵总泪零。
只应碧落②重相见，那是③今生。可奈④今生。刚作愁时又忆卿。

【注解】

①冰轮：月亮。

②碧落：天空。白居易《长恨歌》："上穷碧落下黄泉，两处茫茫皆不见。"

③那是：哪是，岂是。

④可奈：怎奈。

又

明月多情应笑我^①，笑我如今^②。辜负春心。独自闲行独自吟。
近来怕说当时事，结遍兰襟^③。月浅灯深。梦里云归何处寻。

【注解】

①多情应笑我：苏轼《念奴娇·赤壁怀古》："故国神游，多情应笑我，早
生华发。"

②笑我如今：晏几道《采桑子》："莺花见尽当时事，应笑如今，一寸愁心。"

③兰襟：香洁的衣襟。此处喻指良友。

又

拨灯书尽红笺^①也，依旧无聊。玉漏^②迢迢。梦里寒花^③隔玉箫^④。
几竿修竹三更雨，叶叶萧萧。分付秋潮^⑤。莫误双鱼^⑥到谢桥。

【注解】

①红笺：红色的信纸。

②玉漏：玉制的漏壶，用作计时。

③寒花：寒冷季节所开的花，一般指菊花。

④玉箫：人名，唐代姜使君的侍女，韦皋的情人。两人一别七年，玉箫不见
韦皋回来相会，绝食而死。典出唐代范摅《云溪友议》卷三。这句说与所
爱的女子音讯隔绝，只能在梦中相逢。司空曙《送王尊师归湖州》："玉
箫遥听隔花微。"

⑤秋潮：王彦泓《错认》："夜视可怜明似月，秋期只愿信如潮。"

⑥双鱼：书信。《古乐府》："尺素如残雪，结成双鲤鱼。要知心中事，看
取腹中书。"

又

凉生露气湘弦①润，暗滴花梢。帘影谁摇。燕蹴风丝上柳条②。
舞鹢③镜匣开频掩，檀粉④慵调。朝泪如潮。昨夜香衾觉梦遥。

【注解】

①湘弦：湘妃所弹之瑟，此处代指琴瑟。
②燕蹴风丝上柳条：张炎《南浦》："溪燕蹴游丝。"
③舞鹢：鹢鸡舞蹈的图案。后多用此图案镌于镜背作为装饰。
④檀粉：女子化妆用的香粉。《花间集》有"钿昏檀粉泪纵横"句。

又

土花曾染湘娥黛①，铅泪②难消。清韵③谁敲。不是犀椎④是凤翘⑤。
只应长伴端溪紫⑥，割取秋潮⑦。鹦鹉偷教⑧。方响前头见玉箫⑨。

【注解】

①土花曾染湘娥黛：这句说湘妃竹上斑痕点点，暗指所爱女子已死去。土花，
　器物因受泥土侵蚀而留下的锈迹斑点。湘娥，舜的妃子娥皇、女英。黛，
　女子画眉之物，这里代指女子的眉毛。李贺《金铜仙人辞汉歌》："画栏
　桂树悬秋香，三十六宫土花碧。"
②铅泪：指金属器皿上的斑渍。后称眼泪为铅水。这里也指湘妃竹上的斑渍。
　李贺《金铜仙人辞汉歌》："空将汉月出宫门，忆君清泪如铅水。"
③清韵：清雅和谐的声音，这里指风吹竹林发出的声音。
④犀椎：犀角制的小槌。
⑤凤翘：凤形首饰。周邦彦《南乡子》："不道有人潜看着，从教，掉下鬟
　心与凤翘。"
⑥端溪紫：端溪紫石砚。李贺《杨生青花紫石砚歌》："端州石工巧如神，
　踏天磨刀割紫云。"
⑦割取秋潮：谓所咏之物色碧如秋水。

◇ 纳兰词全集　卷一

⑧偷教：偷学。

⑨方响、玉箫：皆是乐器。

又

白衣裳凭朱阑①立，凉月趄②西。点鬓霜微。岁晏知君归不归。

残更目断传书雁，尺素③还稀。一味相思。准拟④相看似旧时。

【注解】

①朱阑：红色的栏杆。王彦泓《寒词》："况复此宵兼雪月，白衣裳凭赤
　栏干。"

②趄：原意为缓行，习惯上多指日月运行偏西。

③尺素：书信，古人将书信写在一尺见方的素绢上，故名。

④准拟：料想，希望。晏几道《采桑子》："秋来更觉销魂苦，小字还稀，
　坐想行思，怎得相看似旧时。"

又

谢家①庭院残更立，燕宿雕梁②。月度银墙③。不辨花丛那辨香④。

此情已自成追忆⑤，零落鸳鸯。雨歇微凉。十一年前梦一场。

【注解】

①谢家：代指女子的居住之所。

②雕梁：屋梁的美称。

③银墙：粉墙。

④不辨花丛那辨香：元稹《杂忆》："寒轻夜浅绕回廊，不辨花丛暗辨香。"

⑤此情已自成追忆：李商隐《锦瑟》："此情可待成追忆，只是当时已惘然。"

又

而今才道当时错①，心绪凄迷。红泪②偷垂。满眼春风百事非③。
情知此后来无计，强说欢期④。一别如斯。落尽梨花月又西⑤。

【注解】

①而今才道当时错：才道，才知道。晏几道《醉落魄》："心心口口长恨昨，
分飞容易当时错。"
②红泪：血泪，美人泪。王嘉《拾遗记》："魏文帝爱美人，姓薛名灵芸，
常山人也……灵芸闻别父母，歔欷累日，泪下沾衣。至升车就路之时，以
玉唾壶承泪，壶则红色。既发常山，及至京师，壶中泪凝如血。"
③满眼春风百事非：李贺《三月》："东方风来满眼春，花城柳暗愁杀人。"
④欢期：佳期。
⑤落尽梨花月又西：郑谷《下第退居二首》之一："落尽梨花春又了，破篱
残雨晚莺啼。"

台城路　　洗妆台①怀古

六宫佳丽谁曾见，层台②尚临芳渚。露脚斜飞③，虹腰④欲断，
荷叶未收残雨。添妆何处。试问取雕笼，雪衣⑤分付。一镜空濛⑥，
鸳鸯拂破白萍去。

相传内家结束⑦，有帕装孤稳，靴缝女古。冷艳全消，苍苔
玉匣⑧，翻出十眉⑨遗谱。人间朝暮。看胭粉亭西，几堆尘土。
只有花铃⑩，绾风深夜语。

【注解】

①洗妆台：金章宗为李宸妃所建的添妆台，故址在今北京市北海公园琼华岛
上，但当时一直被讹传为辽萧皇后的梳妆台。本篇所咏即辽萧皇后事。
②层台：高台，高大的宫殿。《元故宫遗录》："出掖门，皆丛林，中起小山……

仿佛仙岛。山上复为层台，回阑邃阁，高出空中。"

③露脚斜飞：露水斜飘。李贺《李凭箜篌引》："吴质不眠倚桂树，露脚斜飞湿寒兔。"

④虹腰：彩虹。这里指拱桥，即北海公园太液池上的永安桥。虹腰欲断是说水将要漫过拱桥。

⑤雪衣：白鹦鹉。此鸟非常聪慧，洞晓人言，唐玄宗及杨贵妃呼之为"雪衣女"。事见郑处晦《明皇杂录》。

⑥一镜空濛：指的是太液池水。

⑦内家结束：宫廷装扮。辽臣耶律乙辛为陷害懿德皇后，曾假后之名伪作《十香词》，其中有"青丝七尺长，挽作内家妆"之句。内家，宫廷。结束，装饰打扮。

⑧玉匣：妆镜匣。庾信《咏镜》："玉匣聊开镜。"

⑨十眉：即十眉图，描眉的十种式样。张泌《妆楼记》："明皇幸蜀，令画工作十眉图，横云，斜月皆其名。"

⑩花铃：塔铃。塔檐悬铃，皆为镂空，因此称花铃。

〖延展链接〗

    萧皇后，契丹著名才女，辽道宗耶律洪基的皇后。萧皇后爱好音乐，善弹琵琶，能作诗，被辽道宗誉为女中才子。后因撰文劝谏道宗不要过于迷恋田猎，导致原本感情深厚的二人有了嫌隙。后来萧皇后遭人诬陷，被赐白绫自尽。

又　上元①

阑珊火树鱼龙舞②，望中宝钗楼③远。鞯鞴余红，琉璃剩碧④，待嘱花归缓缓⑤。寒轻漏浅。正乍敛烟霏，陨星⑥如箭。旧事惊心，一双莲影藕丝断。

莫恨流年逝水，恨销残蝶粉⑦，韶光忒贱。细语吹香，暗尘⑧笼鬓，都逐晓风零乱。阑干敲遍。问帘底纤纤⑨，甚时重见。不解相思，月华⑩今夜满。

【注解】

①上元：农历正月十五，即元宵节。元宵夜有观灯之俗。

②阑珊火树鱼龙舞：火树，谓灯，叠灯如树。苏味道《正月十五夜》："火
树银花合，星桥铁锁开。"鱼龙舞，舞鱼灯或龙灯。辛弃疾《青玉案》："凤
箫声动，玉壶光转，一夜鱼龙舞。"

③宝钗楼：泛指酒楼。

④靺鞨余红，琉璃剩碧：靺鞨、琉璃均为宝石名。靺鞨，一种红色宝石，即
红玛瑙，相传产于古靺鞨国，故名。这两句指灯火渐稀。

⑤花归缓缓：苏轼《陌上花》："游九仙山，闻里中儿歌《陌上花》，父老云，
吴越王妃每岁春必归临安，王以书遗妃曰：'陌上花开，可缓缓归矣。'
吴人用其语为歌。"姜夔《鹧鸪天》："沙河塘上春寒浅，看了游人缓缓归。"

⑥陨星：此指烟火。辛弃疾《青玉案》："东风夜放花千树，更吹落、星如雨。"

⑦蝶粉：唐朝时期的一种宫妆。

⑧暗尘：夜间看不清的尘雾。苏味道《正月十五夜》："暗尘随马去，明月
逐人来。"

⑨帘底纤纤：原指帘下露出的女子纤足。此处代指美女。

⑩月华：月光。周邦彦《水调歌头》："今夕月华满，银汉泻秋寒。"

又 塞外七夕①

白狼河②北秋偏早，星桥③又迎河鼓④。清漏频移，微云欲湿，
正是金风玉露⑤。两眉愁聚。待归踏榆花⑥，那时才诉。只恐重逢，
明明相视更无语。

人间别离无数⑦，向瓜果筵前⑧，碧天凝伫。连理千花，相
思一叶，毕竟随风何处。羁栖良苦⑨。算未抵空房⑩，冷香啼曙。
今夜天孙⑪，笑人愁似许。

【注解】

①七夕：指农历七月初七。

②白狼河：古称白狼水，即今辽宁省大凌河。《水经注》："辽水又右，会

白狼水；水出右北平白狼县东南。"

③星桥：即鹊桥。李清照《行香子》："星桥鹊驾，经年才见，想离情、别恨难穷。"

④河鼓：俗称牵牛星。《史记·天官书》张守节《正义》："河鼓三星，在牵牛北……自昔传牵牛织女七月七日相见，此星也。"

⑤正是金风玉露：金风，秋风。玉露，晶莹如玉的露珠，指秋露。

⑥榆花：曹唐《织女怀牵牛》："欲将心向仙郎说，借问榆花早晚秋。"

⑦人间别离无数：秦观《鹊桥仙》："金风玉露一相逢，便胜却人间无数。"

⑧瓜果筵前：旧时民间习俗。《荆楚岁时记》："七夕，妇人结彩缕，穿七孔针，陈瓜果于庭中以乞巧。有喜子网于瓜上，则以为符应。"

⑨羁栖良苦：指旅人怀思。

⑩算未抵空房：指闺人念远。

⑪天孙：织女星。司马贞《史记索隐》："织女，天孙也。"

〖延展链接〗

　　性德七夕居塞外，有两次皆扈从康熙帝往古北口外避暑。一次为康熙二十二年，另一次为康熙二十三年。然而两次都没有到达大凌河，即白狼河。《康熙起居注》，康熙二十二年七月初七，驻跸鬒流河边；康熙二十三年七夕，驻跸松林南。则词之作期，或在康熙二十二年。

玉连环影

　　何处？几叶萧萧雨①。湿尽檐花②，花底人无语。掩屏山，玉炉寒。谁见两眉愁聚③倚阑干。

【注解】

①几叶萧萧雨：这一句的意思是下着零零星星的小雨。几叶，即几点。萧萧，象声词，形容风雨声。

②檐花：屋檐前的花。

③两眉愁聚：愁苦地皱着双眉。

洛阳春　雪

密洒征鞍无数。冥迷远树。乱山重叠杳难分，似五里、蒙蒙雾。

惆怅琐窗①深处。湿花轻絮②。当时悠飔③得人怜。也都是、浓香助。

【注解】

①琐窗：窗棂上刻着连锁花纹的窗户。
②湿花轻絮：皆指雪花。
③悠飔：形容雪花轻盈飘落。

谒金门

风丝袅①，水浸碧天②清晓③。一镜湿云青未了④。雨晴春草草⑤。

梦里轻螺谁扫⑥。帘外落花红小。独睡起来情悄悄，寄愁何处好。

【注解】

①风丝袅：风丝，因风飘荡的柳丝。袅，草木柔弱细长的样子。
②水浸碧天：碧蓝的天空倒映在水里。
③清晓：清晨，清早。
④青未了：杜甫《望岳》："岱宗夫如何，齐鲁青未了。"
⑤草草：匆促之意。晁补之《金凤钩》："春辞我，向何处？怪草草、夜来风雨。"
⑥轻螺谁扫：谁人来画细眉。轻螺，即细眉，螺即黛螺，青黑色颜料，可用来画眉，因此作为女子眉毛的代称。扫，画。

四和香

麦浪翻晴风贴^①柳。已过伤春候^②。因甚为他成僝僽^③。毕竟是春迤逗^④。

红药阑边携素手^⑤。暖语浓于酒。盼到园花铺似绣。却更比春前瘦。

【注解】

①贴：风吹使摆动。

②候：时节，时令。

③僝僽：烦恼，愁苦。周紫芝《宴桃源》："宽尽沈郎衣，方寸不禁僝僽。"

④迤逗：惹起，引逗。

⑤红药阑边携素手：赵长卿《长相思》："药阑东，药阑西，记得当时素手携，弯弯月似眉。"红药，芍药。

海棠月　瓶梅

重檐淡月浑如水。浸寒香^①、一片小窗里。双鱼冻合^②，似曾伴，个人无寐。横眸处，索笑^③而今已矣。

与谁更拥灯前髻^④。乍横斜、疏影^⑤疑飞坠。铜瓶小注^⑥，休教近，麝炉^⑦烟气。酬伊也，几点夜深清泪。

【注解】

①寒香：此指梅。罗隐《梅花》："愁怜粉艳飘歌席，静爱寒香扑酒樽。"

②双鱼冻合：双鱼，砚名。叶越《端溪砚谱》："砚之形制，曰风字，曰凤池，曰合欢，曰玉台，曰双鱼。"冻合，指砚底、砚盖冻结在一起。

③索笑：取笑。杜甫《舍弟观赴蓝田取妻子到江陵喜寄》："巡檐索共梅花笑，冷蕊疏枝半不禁。"

④灯前髻：发髻。刘辰翁《宝鼎现》："又说向灯前拥髻，暗滴鲛珠坠。"

⑤乍横斜、疏影：林逋《山园小梅》："疏影横斜水清浅，暗香浮动月黄昏。"
　疏影，指梅花稀疏的影子。
⑥小注：用来盛水的器皿。
⑦麝炉：燃有麝香的香炉。古有麝香不宜于花的说法。

金菊对芙蓉　上元

　　金鸭①消香，银虬②泻水，谁家夜笛飞声。正上林③雪霁，鸳甃④晶莹。鱼龙舞罢香车杳，剩尊前、袖掩吴绫⑤。狂游似梦，而今空记，密约烧灯⑥。

　　追念往事难凭。叹火树星桥，回首飘零。但九逵⑦烟月，依旧笼明。楚天一带惊烽火⑧，问今宵、可照江城。小窗残酒，阑珊灯灺，别自关情。

【注解】

①金鸭：铜制的鸭形香炉。
②银虬：即银漏壶，用于计时的器物。
③上林：即上林苑。汉代皇家园林，故址在今陕西西安市西及周至、户县界。
　此指清代皇家宫苑。
④鸳甃：指用鸳瓦砌成的井壁。
⑤吴绫：吴中产的薄绫。
⑥密约烧灯：烧灯，即点灯，元宵节又称烧灯节。蒋捷《绛都春》："归时记约烧灯夜。"
⑦九逵：都城四通八达的大路。何逊《拟轻薄篇》："长安九逵上，青槐荫道植。"
⑧烽火：谓三藩之乱。纳兰性德作此词时，三藩之乱尚未平息。

〖延展链接〗

　　这一首为上元怀远之作，所念为好友张纯修。张纯修，字见阳，康熙十八年秋离京，赴湖南江华县任职。见阳临行，性德曾以诗赠别，有"楚国连烽火，深知作吏难"句。此词曾经修改，《瑶华集》犹存其初稿面目，作期可据以考定。"楚天一带"以下二句，《瑶华集》作"锦江烽火连三月，与蟾光，同照神京"。康熙十九年正月初四，勇略将军赵良栋收复成都，消息至京，方及上元，与词之原句切合，故此词为康熙十九年正月作。词初非赠张者，至同年四月廿一日，作书寄张（即寄张见阳第二十九手简），并寄词，因改若干字句，以切寄友之旨。

点绛唇

一种^①蛾眉^②，下弦不似初弦^③好。庾郎^④未老。何事伤心早？

素壁斜辉，竹影横窗扫。空房悄。乌啼欲晓。又下西楼了。

【注解】

①一种：一样，同是。

②蛾眉：蚕蛾的触须弯曲细长，故用以比喻女子的眉毛。此借指月亮。

③初弦：上弦月。上弦月近于圆满，故下弦月不及也。

④庾郎：南朝梁代诗人庾信。庾信暮年作《愁赋》《伤心赋》等抒发愁怀。

又　咏风兰^①

别样幽芬，更无浓艳催开处。凌波^②欲去。且为东风住。

忒煞^③萧疏，争奈秋如许。还留取。冷香半缕。第一湘江雨。

【注解】

①风兰：一种兰花，寄生在深山树干上。

②凌波：曹植《洛神赋》："凌波微步，罗袜生尘。"

③忒煞：太，过于。

又　寄南海梁药亭①

一帽征尘，留君不住从君去②。片帆何处。南浦③沉香④雨。

回首风流，紫竹村⑤边住。孤鸿⑥语。三生⑦定许。可是梁

鸿⑧侣？

【注解】

①梁药亭：梁佩兰，字芝五，号药亭。广东南海县人，与屈大钧、陈恭尹合
　　称"岭南三大家"，著有《六莹堂集》。
②留君不住从君去：蔡伸《踏莎行》："百计留君，留君不住。留君不住君
　　须去。"
③南浦：南面的水滨，泛指送别之处。
④沉香：《晋书·良吏传》载吴隐之有清节，为广州刺史。"后至番禺，其
　　妻刘氏藏沉香一斤，隐之见之，遂投于湖亭之水。"故后人称其投香之处
　　为沉香浦，在今广东南海琵琶洲。
⑤紫竹村：未详，可能是北京西郊紫竹院附近的一处村庄。
⑥孤鸿：苏轼《卜算子》："谁见幽人独往来，飘渺孤鸿影。"
⑦三生：佛家语，前生、今生、来生称为三生。
⑧梁鸿：字伯鸾，汉代扶风平陵人，家贫而好学，尚气节，为隐逸之士，与
　　妻子孟光相敬如宾。

又　黄花城①早望

五夜②光寒，照来积雪平于栈③。西风何限。自起披衣看。

对此茫茫，不觉成长叹。何时旦。晓星欲散。飞起平沙雁④。

【注解】

①黄花城：在今北京怀柔县北长城内侧，古为重要关口之一。
②五夜：第五更。李善注引卫宏《汉旧仪》："昼夜漏起，省中用火，中
　　黄门持五夜。五夜者，甲夜、乙夜、丙夜、丁夜、戊夜也。"此处特指

第五更。

③栈：木栅栏。

④平沙雁：广袤沙原上的大雁。

又

小院新凉，晚来顿觉罗衫薄。不成孤酌。形影空酬酢①。

萧寺②怜君，别绪应萧索。西风恶。夕阳吹角③。一阵槐花落④。

【注解】

①形影空酬酢：谓独自一人，唯影相伴。李密《陈情表》："茕茕孑立，形影相吊。"酬酢，应酬。

②萧寺：泛指佛寺庙宇。李肇《唐国史补》卷中："梁武帝造寺，令萧子云飞白大书'萧'字。"

③夕阳吹角：陆游《浣溪沙》："夕阳吹角最关情。"

④一阵槐花落：戴叔伦《送车参军江陵》："槐花落尽柳阴清，萧索凉天楚客情。"

〖延展链接〗

　　这首词应当是写给姜宸英的。姜宸英，字西溟，浙江慈溪人。康熙十二年结识性德，时西溟已四十七岁。康熙十七年，西溟重入京，应考博学鸿词科落榜，未果。性德将他安置于德胜门北千佛寺。词有"新凉""槐花"句，当作于康熙十八年夏末秋初。

浣溪沙

消息谁传到拒霜①。两行斜雁碧天长。晚秋风景倍凄凉。

银蒜②押帘人寂寂，玉钗敲竹③信茫茫。黄花开也近重阳。

【注解】

①拒霜：木芙蓉的异名。

②银蒜：蒜形的银块，用来压住帘子，以免被风吹起。苏轼《哨遍》："银蒜押帘，珠幕云垂地。"

③玉钗敲竹：用玉钗轻轻敲竹以排遣愁怀。王彦泓《即事》："玉钗敲竹立旁皇，孤负楼心几夜凉。"

又

雨歇梧桐①泪乍收。遣怀翻自忆从头。摘花销恨②旧风流。
帘影碧桃人已去，屟痕③苍藓径空留。两眉何处月如钩④？

【注解】

①雨歇梧桐：温庭筠《更漏子》："梧桐树，三更雨，不道离情更苦。"

②销恨：《开元天宝遗事·销恨花》："明皇于禁苑中，初有千叶桃盛开，帝与贵妃日逐宴于树下。帝曰：'不独萱草忘忧，此花亦能销恨。'"王士禄《浣溪沙》："莫将销恨属名花。"

③屟痕：鞋痕，脚印。

④月如钩：李煜《相见欢》："无言独上西楼，月如钩。"

又

欲问江梅①瘦几分。只看愁损②翠罗裙。麝篝③衾冷惜余熏。
可奈暮寒长倚竹④，便教⑤春好不开门。枇杷花底校书人⑥。

【注解】

①欲问江梅：叶梦得《临江仙》："学士园林人不到，传声欲问江梅。"

②愁损：因愁情而使人消瘦。

③麝篝：熏笼。

④可奈暮寒长倚竹：可奈，无可奈何。杜甫《佳人》："天寒翠袖薄，日暮倚修竹。"

⑤便教：即便是，纵然是。

⑥校书人：王建《寄蜀中薛涛校书》："万里桥边女校书，枇杷花里闭门居。"薛涛是唐代名妓，能诗，故后世称能诗文的妓女为女校书。这里借指花下读书人。

〖延展链接〗

　　性德《致顾贞观手简》云："又闻琴川沈姓有女颇佳，亦望吾哥略为留意。"又云："吾哥所识天海风涛之人，未审可以晤对否？弟胸中块垒，非酒可烧，庶几得慧心人以晤言消之而已。沦落之余，方欲葬身柔乡，不知得如鄙人之愿否耳。"所言沈姓女，即沈宛，宛能诗词，有《选梦词》。据"天海风涛"句知沈氏本江南女校书一流人物。《致顾贞观手简》作于康熙二十三年，此词当为沈氏而作，则亦为康熙二十三年所作。

又

泪浥红笺第几行①。唤人娇鸟怕开窗。那能闲过好时光②。

屏障厌看金碧画，罗衣不奈水沉香③。遍翻眉谱④只寻常。

【注解】

①泪浥红笺第几行：浥，沾湿。红笺，红色信纸。欧阳修《洞仙歌令》："拟写相思寄归信，未写了，泪成行，早满香笺。"

②好时光：唐明皇《好时光》："彼此当年少，莫负好时光。"

③水沉香：即沉香。常绿乔木，叶子卵状披针形，花白色。生长在热带和亚热带地区。木材质地坚硬而重，能沉于水，故又名水沉香。

④眉谱：女子画眉的图样。

又

残雪凝辉冷画屏①。落梅②横笛已三更。更无人处月胧明③。

我是人间惆怅客，知君何事泪纵横。断肠声④里忆平生。

【注解】

①画屏：绘有彩画的屏风。杜牧《秋夕》："银烛秋光冷画屏，轻罗小扇扑
  流萤。"

②落梅：《落梅花》，古笛曲名。

③更无人处月胧明：更，绝。李商隐《王十二兄与畏之员外相访见招小饮》："更
  无人处帘垂地。"

④断肠声：杜甫《吹笛》："吹笛秋山风月清，谁家巧作断肠声。"

又

睡起惺忪强自支。绿倾蝉鬓①下帘时。夜来愁损小腰肢。

远信不归空伫望②，幽期③细数却参差④。更兼何事耐寻思。

【注解】

①绿倾蝉鬓：形容低垂着头，头发垂下的样子。绿，指妇女似绿云的头发。
  蝉鬓，古代妇女的一种发式，因轻薄似蝉翼，故称蝉鬓。

②伫望：凝望，等候。

③幽期：男女间的私约。

④参差：蹉跎，错过。李商隐《樱桃花下》："他日未开今日谢，嘉辰长短
  是参差。"

又

十里湖光载酒游。青帘低映白蘋洲①。西风听彻采菱讴②。

沙岸有时双袖③拥，画船何处一竿④收。归来无语晚妆楼。

【注解】

①白蘋洲：泛指长满白蘋的沙洲。

②采菱讴：采菱人所唱的歌曲。

③双袖：借指美女。

④一竿：渔人的代称。

又

脂粉塘①空遍绿苔。掠泥营垒②燕相催。妒他飞去却飞回。

一骑近从梅里③过，片帆遥自藕溪来。博山④香炉未全灰。

【注解】

①脂粉塘：溪名，传说西施曾在此沐浴。任昉《述异记》："吴故宫有香水溪，俗云西施浴处，又呼为脂粉塘，至今馨香。"这里的意思是闺阁之外的溪塘。

②营垒：筑巢。

③梅里：古地名，在今江苏无锡市锡山区东南，又名泰伯城。

④博山：博山炉，香炉。李白《杨叛儿》："博山炉中沉香火，双烟一气凌紫霞。"

又

五月江南麦已稀。黄梅时节雨霏微①。闲看燕子教雏飞。

一水浓阴如罨画②，数峰无恙又晴晖。湔裙③谁独上渔矶。

①黄梅时节雨霏微：霏微，景象朦胧。赵师秀《约客》："黄梅时节家家雨。"

②罨画：色彩鲜明的图画。《丹铅总录·订讹·墨画》："画家有罨画，杂彩色画也。"

③湔裙：泛指在水畔洗衣。梁简文帝《和人渡水》："婉娩新上头，湔裙出乐游。"

又 西郊冯氏园①看海棠，因忆香岩词②有感

谁道飘零不可怜。旧游时节好花天。断肠人去③自今年。

一片晕红④才著雨，几丝柔绿乍和烟⑤。倩魂销尽⑥夕阳前。

【注解】

①西郊冯氏园：明万历时大太监冯保的园林，在北京阜成门外。

②香岩词：龚鼎孳寓所有"香岩斋"，其词集初称《香岩词》，后定本名《定山堂全集》。

③人去：谓龚氏已卒。龚鼎孳死于康熙十二年，享年五十九岁。

④晕红：形容海棠花的色泽。

⑤和烟：郑谷《小桃》："和烟和雨遮敷水，映竹映村连灞桥。"

⑥倩魂销尽：感触很深。倩魂，美好的心魂。

〖延展链接〗

　　这首词为怀念龚鼎孳之作。龚鼎孳，字孝升，号芝麓，安徽合肥人。初仕明，后降清，授吏科给事中，历官至礼部尚书。龚氏怜才好士，清初南北才士，多得其救助。著有《定山堂全集》，附词四卷。其词风格典重，辞彩清丽，为一代大家。康熙十二年，龚任会试主试官，性德出其门下。是年秋，龚即卒。性德怀念之情，似不仅止于门生之谊。词云"断肠人去自今年"，则词之作期为康熙十三年春。

又　咏五更，和湘真①韵

微晕②娇花湿欲流。篝纹灯影一生愁。梦回疑在远山楼③。
残月暗窥金屈戍④，软风徐荡玉帘钩。待听邻女唤梳头。

【注解】

①湘真：即陈子龙。南明抗清将领、文学家。字卧子，号大樽，松江华亭（今
　上海松江）人。
②微晕：天刚亮。
③远山楼：王彦泓《梦游》："绣被鄂君仍眺赏，篷窗新署远山楼。"
④屈戍：门窗上铜制的搭环，这里代指闺房。

又

伏雨①朝寒愁不胜。那能还傍杏花行。去年高摘斗轻盈②。
漫惹炉烟双袖紫，空将酒晕一衫青。人间何处问多情。

【注解】

①伏雨：连绵不断的雨。杜甫《秋雨叹》："阑风伏雨秋纷纷。"
②去年高摘斗轻盈：这句回忆去年曾见一少女在杏树上摘花，与女伴比试谁
　的动作更敏捷轻巧。吴伟业《浣溪沙》："摘花高处赌身轻。"

又

五字诗中目乍成①。尽教残福折书生②。手挼裙带③那时情。
别后心期和梦杳，年来憔悴与愁并。夕阳依旧小窗明。

①五字诗中目乍成：五字诗，即五言诗。目乍成，即乍目成，刚刚通过眉目
　传情而结为亲好。《楚辞·九歌·少司命》："满堂兮美人，忽独与余兮
　目成。"
②尽教残福折书生：王彦泓《梦游》："相对只消香共茗，半宵残福折书生。"
　残福，短暂的幸福。
③手捼裙带：捼，握。曹唐《小游仙诗》："玉女暗来花下立，手捼裙带问
　昭王。"

又

欲寄愁心朔雁①边。西风浊酒②惨离颜③。黄花时节碧云天④。
古戍烽烟迷斥堠⑤，夕阳村落解鞍鞯⑥。不知征战几人还。

【注解】

①朔雁：北方边塞的大雁。李白《闻王昌龄左迁龙标遥有此寄》："我寄愁
　心与明月，随风直到夜郎西。"
②浊酒：范仲淹《渔家傲》："浊酒一杯家万里。"
③惨离颜：谓离别的宴席上忧愁凄苦的样子。
④黄花时节碧云天：王实甫《西厢记》："碧云天，黄花地，西风紧，北雁
　南飞。"
⑤斥堠：侦察敌情的岗哨。
⑥解鞍鞯：谓卸去行装以驻扎安营。

又

记绾长条欲别难①。盈盈自此隔银湾②。便无风雪也摧残。
青雀③几时裁锦字④，玉虫⑤连夜翦春幡⑥。不禁辛苦况相关。

【注解】

①记绾长条欲别难：古人送别时有折杨柳相赠之俗。绾，此谓各执杨柳一端，互牵而立。张乔《寄维扬故人》："离别河边绾柳条，千山万水玉人遥。"

②盈盈自此隔银湾：《古诗十九首》之十："迢迢牵牛星，皎皎河汉女。盈盈一水间，脉脉不得语。"银湾，银河。

③青雀：青鸟。传说是西王母的信使，后用作信使的代称。班固《汉武故事》："有青鸟从西方来，集殿前。上问东方朔，朔对曰：'西王母暮必降尊像……'有顷，王母至。"后以青雀、青鸟借指信使。李商隐《汉宫词》："青雀西飞竟未回，君王长在集灵台。"

④锦字：女子寄给丈夫或情人的书信。

⑤玉虫：灯花。范成大《客中呈幼度》："今朝合有家书到，昨夜灯花缀玉虫。"

⑥春幡：旧俗于立春日，或挂幡于树，或剪小幡戴于头上，以示迎春。这句的意思是说连夜挑灯裁剪春幡。

又

谁念西风独自凉①。萧萧黄叶闭疏窗。沉思往事立残阳。
被酒莫惊春睡重②，赌书消得泼茶香③。当时只道是寻常。

【注解】

①谁念西风独自凉：意谓秋天到了，凉意袭人，独自落寞，有谁再念起"我"呢？谁，这里指的是亡妻。秦观《减字木兰花》："天涯旧恨，独自凄凉人不问。"

②被酒莫惊春睡重：说的是不要惊醒喝醉了酒的人，让他在春天里浓睡。被酒，指醉酒。

③赌书消得泼茶香：李清照《金石录后序》云："余性偶强记，每饭罢，坐归来堂，烹茶，指堆积书史，言某事在某书某卷第几页第几行，以中否角胜负，为饮茶先后。中即举杯大笑，至茶倾覆怀中，反不得饮而起，甘心老是乡矣！故虽处忧患困穷，而志不屈。"此句以此典为喻说明往日与亡妻有着像李清照一样的美满的夫妻生活。

又

十八年来堕世间①。吹花嚼蕊②弄冰弦③。多情情寄阿谁边。

紫玉钗斜灯影背，红绵粉冷枕函④偏。相看好处却无言⑤。

【注解】

①十八年来堕世间：李商隐《曼倩辞》："十八年来堕世间，瑶池归梦碧桃闲。"

②吹花嚼蕊：喻指吹奏、歌唱。李商隐《柳枝诗序》："柳枝，洛中里娘也……吹叶嚼蕊，调丝擫管，作天海风涛之曲，幽忆怨断之音。"

③冰弦：冰弦玉柱，即筝。据《太真外传》，为域外冰蚕丝所制。

④枕函：匣状的枕头。

⑤相看好处却无言：汤显祖《牡丹亭·惊梦》："相看俨然，好处相逢无一言。"

【延展链接】

这首词似为沈宛所作。"吹花嚼蕊""天海风涛"皆切沈宛身份。另，"十八年""紫玉钗"皆见于蒋防传奇《霍小玉传》，"红绵"句情境亦与小玉故事相仿。小玉，亦歌女也，其身份、经历非常切合沈宛。康熙二十三年，在顾贞观的帮助下，沈宛至京，归性德为妾，词即作于此时。

又

莲漏①三声烛半条。杏花微雨②湿红绡。那将红豆记无聊③。

春色已看浓似酒，归期安得信如潮④。离魂入夜倩谁招。

【注解】

①莲漏：莲花形漏器。李肇《国史补》认为是慧远和尚所制。

②杏花微雨：清明前后杏花盛开时的雨。韩偓《寒食夜有寄》诗："云薄月昏寒食夜，隔帘微雨杏花香。"

③那将红豆记无聊：红豆为相思的象征。古时妇女若怀远人，则手拈红豆。

记，惦念之意。韩偓《玉合》词："罗囊绣两凤凰，玉合雕双鸂鶒。中有兰膏渍红豆，每回拈着长相忆。长相忆，红几春。人怅望，香氤氲。开缄不见新书迹，带粉犹残旧泪痕。"

④信如潮：说的是信件像定期到来的潮水一样准确无误。

又

身向云山①那畔②行。北风吹断马嘶声③。深秋远塞若为情④。一抹晚烟荒⑤成垒，半竿斜日旧关城。古今幽恨⑥几时平。

【注解】

①云山：高耸入云的山。

②那畔：那边。

③北风吹断马嘶声：谓北风的吼声使马嘶声也听不到了。

④若为情：何以为情，是怎样的情怀。李珣《定风波》："帘外烟和月满庭，此时闲坐若为情。"

⑤荒：荒凉萧瑟。

⑥幽恨：深藏在内心的怨恨。

〖延展链接〗

　　康熙二十一年八月，性德奉旨与副都统郎谈等出使梭龙打虎山，十二月还京。此篇大约作于此行中。这首词抒发了词人奉使出塞的凄惘之情。整首词除结句外皆出之以景语，描绘了深秋远寒、荒烟落照的凄凉景象，所描述的景色之中又包含悠悠苍凉的今昔之感，可谓景情交融。最后一句"古今幽恨几时平"则点明主旨。

又　大觉寺①

燕垒空梁画壁寒②。诸天③花雨④散幽关⑤。篆香⑥清梵⑦有无间。

蛱蝶⑧乍从帘影度，樱桃半是鸟衔残。此时相对一忘言⑨。

【注解】

①大觉寺：在北京西郊，寺建于辽，今犹存辽碑一块。初名"清水院"，后改称"灵泉寺"，为"西山八景"之一，明宣德年间重修，改名"大觉寺"。

②燕垒空梁画壁寒：意谓大觉寺已荒凉残破，而在这幽闭的关隘之地，众高僧们竟做出了颂扬佛法的无量功德。薛道衡《昔昔盐》："暗牖悬蛛网，空梁落燕泥。"燕垒，燕子的窝。画壁，画有图案的墙壁。

③诸天：佛教以神界众神为诸天，亦指护法众天神。

④花雨：佛家语，谓神界众仙为赞叹佛说法之功德而散花如雨。据《仁王经·序品》载，佛既说法，诸天共赞其功德，散花如雨。

⑤幽关：寺院地处偏僻之地，故称幽关。

⑥篆香：焚香之烟弯环，称篆烟，其气味称篆香。

⑦清梵：诵经之声。

⑧蛱蝶：蛱蝶科的一种蝴蝶，翅膀呈赤黄色，有黑色纹饰，幼虫身上多刺。

⑨忘言：心中领会其中之意，不需要言语来说明。陶渊明《饮酒》："此中有真意，欲辨已忘言。"

又　古北口①

杨柳千条送马蹄。北来征雁旧南飞②。客中谁与换春衣。终古闲情归落照③，一春幽梦④逐游丝⑤。信回刚道别多时。

【注解】

①古北口：长城关隘之一。

②北来征雁旧南飞：意为今日北来雁，正是旧时（去年）南飞雁。

③落照：落日之光。杜牧《洛阳长句》："桥横落照虹堪画，树锁千门鸟自还。"

④幽梦：隐约幽微的梦境。

⑤游丝：飘动着的蛛丝。

〖延展链接〗

　　性德初任侍卫曾司马曹，这首词为口外牧马时作。康熙帝两次往古北口，一为康熙二十二年，一为二十三年，皆为避暑。起程皆在旧历五月末，早过换春衣之季，故此词非扈从之作。家中来信，只道别久思念。性德在《西苑杂咏》中也记下了这段经历："马曹今日承恩数，也逐清班许钓鱼。"

又

凤髻抛残①秋草生。高梧湿月②冷无声。当时七夕记深盟③。
信得羽衣传钿合④，悔教罗袜⑤葬倾城。人间空唱雨淋铃⑥。

【注解】

①凤髻抛残：谓凤髻散乱。凤髻，古时候女子的一种发型，将头发绾结成凤形，或在髻上饰以金凤，唐代时十分流行，这里是指词人的亡妻。

②湿月：湿润之月。形容月光像水一般湿润。

③当时七夕记深盟：李商隐《马嵬》："此日六军同驻马，当时七夕笑牵牛。"

④信得羽衣传钿合：羽衣，原指鸟羽毛所织之衣，后代指道士或神仙所穿之衣，此处借指神仙。钿合，镶有金、银、玉、贝等物的首饰，古代常以之作为表示爱情的信物。

⑤罗袜：杨贵妃之袜。《杨太真外传》："妃子死日，马嵬媪得锦袜一只，相传过客一玩百钱，前后获钱无数。"此处指亡妻。

⑥雨淋铃：即《雨霖铃》。郑处晦《明皇杂录补遗》记载：唐明皇曾作《雨霖铃》以悼念杨贵妃。

又

败叶填溪水已冰。夕阳犹照短长亭①。何年废寺失题名②。
倚马客临碑上字，斗鸡人③拨佛前灯。净消尘土礼金经④。

①短长亭：短亭和长亭的并称。古驿道筑亭记程，供行人歇息。《白孔六帖》："十里一长亭，五里一短亭。"

②何年废寺失题名：谓已荒废的古寺，其寺名亦不可知了。

③斗鸡人：斗鸡本为一种游戏。此处"斗鸡人"与前"倚马客"对举，谓到此寺中之人已非往日的善男信女，而是前来闲游的过客，或是贵族豪门的公子哥们。

④金经：佛经。

又　庚申除夜①

收取闲心冷处浓。舞裙犹忆柘枝红②。谁家刻烛③待春风？
竹叶④樽空翻彩燕⑤，九枝灯⑥焰颤金虫⑦。风流端合倚天公⑧。

【注解】

①庚申除夜：庚申，康熙十九年。除夜，除夕之夜。

②收取闲心冷处浓。舞裙犹忆柘枝红：把寒冷除夕夜里浓郁的闲情收起，那优美的柘枝舞是多么令人怀恋啊！柘枝，柘枝舞，唐代由西域传入中原并盛行。

③刻烛：刻标志于蜡烛之上，以计时。韩偓《妬媒》："已嫌刻蜡春宵短，最恨鸣珂晓鼓催。"

④竹叶：酒名，即竹叶青，亦泛指美酒。白居易《钱塘州李苏州以酒寄到》："倾如竹叶盈樽绿，饮作桃花面上红。"

⑤彩燕：立春那天剪彩色丝绸为燕，饰于头部。

⑥九枝灯：古灯具，一干九枝，各托一盏，称九枝灯。李商隐诗中喜用此辞，如"如何一柱观，不碍九枝灯""九枝灯檠夜珠圆"等。

⑦金虫：比喻灯花。

⑧风流端合倚天公：此谓风流应是自然天成，非人力所为的。端合，应该、应当。倚天公，依靠老天爷。

又

万里阴山①万里沙。谁将绿鬓斗霜华②。年来强半在天涯。
魂梦不离金屈戍，画图亲展玉鸦叉③。生怜瘦减一分花④。

【注解】

① 阴山：在今内蒙古自治区中部及河北省北部。泛指塞外。《汉书·匈奴传》："北边塞至辽东，外有阴山，东西千余里。"
② 谁将绿鬓斗霜华：此句是说，是谁使乌黑的头发变成了白色。绿鬓，谓乌黑发亮的头发。古人常借绿、翠等形容头发的颜色。斗，斗取，即对着。霜华，谓白发。
③ 玉鸦叉：画叉，张挂书画所用。
④ 生怜瘦减一分花：《牡丹亭·写真》："春梦暗随三月景，晓寒瘦减一分花。"生，甚，最。

〖延展链接〗

康熙二十一年九月至腊月，性德奉使梭龙。自梭龙归，性德请人绘《楞伽出塞图》，词中有"画图亲展"句，当为题图之作。

又

肠断斑骓①去未还。绣屏深锁凤箫②寒。一春幽梦有无间。
逗雨③疏花浓淡改，关心芳草④浅深难。不成风月转摧残⑤。

【注解】

① 斑骓：杂色马。此处以骏马代指征人。李商隐《对雪》："关河冻合东西路，肠断斑骓送陆郎。"
② 凤箫：排箫，竹管连缀而成，参差如凤翼，故名。
③ 逗雨：李贺《李凭箜篌引》诗："石破天惊逗秋雨。"
④ 芳草：《楚辞·招隐士》："王孙游兮不归，芳草生兮萋萋。"

⑤不成风月转摧残：韦庄《多情》："一生风月供惆怅，到处烟花恨别离。"
不成，难道。风月，泛指景色，此处喻男女间情爱之事。

又

容易浓香近画屏。繁枝影著半窗横。风波狭路倍怜卿①。
未接语言犹怅望，才通商略已懵腾②。只嫌今夜月偏明。

【注解】

①风波狭路倍怜卿：王彦泓《代所思别后》："风波狭路惊团扇，风月空庭
泣浣衣。"

②才通商略已懵腾：王彦泓《赋得别梦依依到谢家》："今日眼波微动处，
半通商略半矜持。"商略，原为商讨之意，此处谓交谈。

又

抛却无端恨转长。慈云①稽首②返生香。妙莲花说③试推详。
但是有情皆满愿④，更从何处著思量。篆烟残烛并回肠。

【注解】

①慈云：佛家语，喻佛心仁慈广大，犹如大云覆盖世界众生。梁简文帝《大
法颂》："慈云吐泽，法雨垂凉。"

②稽首：古时候的一种跪拜之礼，头手都要伏地。

③妙莲花说：谓佛门妙法。莲花，亦作"莲华"，喻佛门之妙法。李贽《观
音问》："若无国土，则阿弥陀佛为假名，莲华为假相，接引为假说。"

④但是有情皆满愿：王彦泓《和于氏诸子秋词》："但是有情皆满愿，妙莲
花说不荒唐。"

又　小兀喇①

桦屋鱼衣②柳作城。蛟龙③鳞动浪花腥。飞扬应逐海东青④。
犹记当年军垒迹⑤，不知何处梵钟声⑥。莫将兴废话分明。

【注解】

①小兀喇：兀喇，亦作乌喇，即今吉林省吉林市。又有大、小兀喇之分，大
　兀喇为今吉林市乌拉街；小兀喇未详其址，大约亦在附近。

②桦屋鱼衣：黑龙江流域民族旧俗，以桦木、桦树皮筑屋，以鱼皮制衣。

③蛟龙：指松花江中的大鱼。

④海东青：鸟名，亦称海青，雕之一种，性凶猛，产于黑龙江下游一带之海
　岛上。北方民族极重视驯养此禽，作狩猎之用。

⑤犹记当年军垒迹：性德先世为海西女真，居吉林松花江流域，明廷置海西
　卫，海西诸部间屡有杀伐。至成化间，海西诸部始相继南迁于辽河流域。
　当年军垒，当为海西遗迹。

⑥梵钟声：僧人诵经时敲击的钟声。

〖延展链接〗

　　康熙二十一年二月至五月，作者扈驾东巡经过小兀喇，故此篇大约作于
此时。小兀喇一带曾是纳兰家族的领地，词人到此不禁回想起当年叶赫部被
爱新觉罗部吞并的往事。故其结句所表达的是一种深隐的感慨。先扬后抑，
不免消极沉郁，似寓有难以言说的隐恨。

又　姜女祠①

海色残阳影断霓②。寒涛日夜女郎祠。翠钿③尘网上蛛丝。
澄海楼④高空极目，望夫石⑤在且留题。六王如梦祖龙非⑥。

①姜女祠：孟姜女的祠堂，在山海关附近。《清一统志·永平府》载：姜女
祠在临榆县东南并海里许。祠前土丘为姜女坟，其侧有望夫石。俗传姜女
为杞梁妻，始皇时因哭其夫而崩长城。

②断霓：断虹。谓残阳倒映海中犹如一段彩虹。

③翠钿：用金嵌成花状的首饰。

④澄海楼：楼名。在河北省旧临榆县南宁海城上，明兵部主事王致中建。高
士奇《东巡日录》："将入山海关，过欢喜岭……澄海楼在关西八里许。"

⑤望夫石：姜女祠内一兀岩，高丈许，刻有"望夫石"三字。相传为孟姜女
望夫之处。

⑥六王如梦祖龙非：六王，指战国时齐、楚、燕、韩、赵、魏六国之王。祖龙，
谓秦始皇。《史记·秦始皇本纪》："今年祖龙死。"《集解》作注："祖，
始也；龙，人君象。谓始皇也。"

又

旋拂轻容①写洛神②。须知浅笑是深颦。十分天与可怜春③。
掩抑薄寒施软幛，抱持纤影藉芳茵。未能无意下香尘④。

【注解】

①轻容：薄纱名。《类苑》："轻容，无花薄纱也。"此指用于绘画的素绢。

②洛神：洛水女神，曹植的《洛神赋》曾描绘其姿容妙曼。此处借指所绘女子。

③十分天与可怜春：天与，天生。可怜，可爱。范成大《宿东寺》："素娥
有意十分春。"

④下香尘：谓挟香尘而下。香尘，本为佛语，后亦借指女子步履而起的芳香
之尘。温庭筠《莲花》："应为洛神波上袜，至今莲蕊有香尘。"

又

十二红帘①窣②地深。才移刬袜③又沉吟。晚晴天气惜轻阴。

珠衱佩囊三合字④，宝钗拢髻两分心⑤。定缘何事湿兰襟。

【注解】

①十二红帘：太平鸟的别称。吴文英《喜迁莺》："万顷素云遮断，十二红帘钩处。"

②窣：垂。刘致君《谒金门》："帘半窣，四座绿围红簇。"

③刬袜：只穿袜而不着鞋就行走。李煜《菩萨蛮》："刬袜下香阶，手提金缕鞋。"

④三合字：香囊成双，女子自留其一，一赠所欢。囊表绣字，字各半，双囊合则字显。高观国《思佳客》："同心罗帕轻藏素，合字香囊半影金。"

⑤宝钗拢髻两分心：谓宝钗将发髻拢起，好像分开的两个心字。两分心，未出嫁少女梳双髻，自中分之，左右各一。

又　红桥①怀古，和王阮亭韵

无恙年年汴水②流。一声水调③短亭秋。旧时明月照扬州④。

曾是长堤⑤牵锦缆，绿杨⑥清瘦至今愁。玉钩斜⑦路近迷楼⑧。

【注解】

①红桥：在扬州城西。

②汴水：大运河自荥阳至盱眙，连接黄河与淮河段，称汴渠，又称汴水。白居易《长相思》："汴水流，泗水流，流到瓜洲古渡头。"

③水调：古曲调名。

④旧时明月照扬州：扬州明月为诗家习用意象，有关诗句不胜枚举。如杜牧《扬州》："谁家唱水调，明月满扬州。"徐凝《忆扬州》："天下三分明月夜，二分无赖是扬州。"

⑤长堤：指隋堤。隋炀帝大业元年，开通济渠，自西苑引谷水、洛水入黄河；自板渚引黄河入汴水，经泗水达邗沟，自山阳至扬子入长江。渠广四十步，

旁筑御道，并植杨柳，后人谓之隋堤。

⑥绿杨：指隋堤杨柳。《开河记》："炀帝欲至广陵，时恐盛暑，虞世基请
　　用垂柳栽于汴渠两堤上。诏：民间有柳一株，赏一缣。百姓竞献之。帝御
　　笔赐垂柳姓杨，曰杨柳也。"

⑦玉钩斜：在扬州城西，传说为隋炀帝葬宫女处。

⑧迷楼：隋炀帝所建的楼，在扬州西北郊。

〖延展链接〗

　　王阮亭，即王士祯，清代诗人，字贻上，号阮亭，又名渔洋山人，山东
新城人。顺治十七年至康熙三年任扬州推官。王士祯在文坛极负盛名，他提
倡文学"神韵"说，常州词派的大将谭献将他誉为"清代第一诗人"。

风流子　秋郊即事

平原草枯矣，重阳后，黄叶树骚骚①。记玉勒青丝②，落花时节，
曾逢拾翠③，忽忆吹箫。今来是、烧痕④残碧尽，霜影乱红凋。
秋水映空，寒烟如织，皂雕飞处，天惨⑤云高。

人生须行乐⑥，君知否，容易两鬓萧萧。自与东君⑦作别，
划地⑧无聊。算功名何许，此身博得，短衣射虎⑨，沽酒西郊。
便向夕阳影里，倚马挥毫⑩。

【注解】

①骚骚：风吹草木的声音。

②玉勒青丝：用玉装饰的马勒及马缰绳。此代指骑马游春。

③拾翠：原指拾翠鸟之羽为头饰，后借指游春女子。曹植《洛神赋》："或
　　采明珠，或拾翠羽。"

④烧痕：原野经火烧后的痕迹。

⑤天惨：天色昏暗。

⑥人生须行乐：杨恽《报孙会宗书》："人生行乐耳，须富贵何时。"

⑦东君：司春之神。辛弃疾《满江红·暮春》："可恨东君，把春去，春来无迹。"

⑧刬地：只是，总是。

⑨短衣射虎：常以此形容英雄气概、英勇豪迈等。短衣，打猎的装束。射虎，用汉代李广的故事。杜甫《曲江》："短衣匹马随李广，看射猛虎终残年。"

⑩倚马挥毫：《世说新语·文学》："桓宣武北征，袁虎时从，被责免官。会须露布文，唤袁倚马前令作，手不辍笔，俄得七纸，殊可观。"

画堂春

　　一生一代一双人①。争教两处销魂②。相思相望不相亲③。天为谁春。

　　浆向蓝桥④易乞，药成碧海难奔。若容相访饮牛津⑤。相对忘贫。

【注解】

①一生一代一双人：骆宾王《代女道士王灵非赠道士李荣》："相怜相念倍相亲，一生一代一双人。"

②争教两处销魂：争教，怎教。杜安世《诉衷情》："梦兰憔悴，掷果凄凉，两处消魂。"

③相思相望不相亲：王勃《寒夜怀友杂体》："故人故情怀故宴，相望相思不相见。"

④蓝桥：地名，在陕西蓝田县东南蓝溪上。传说此处有仙窟，为裴航遇仙女云英处。《太平广记》卷十五引裴铏《传奇·裴航》云：裴航从鄂渚回京途中，与樊夫人同舟，裴航赠诗致情意，后樊夫人答诗云："一饮琼浆百感生，玄霜捣尽见云英。蓝桥便是神仙窟，何必崎岖上玉清。"后于蓝桥驿因求水喝，得遇云英，裴航向其母求婚，其母曰："君约取此女者，得玉杵臼，吾当与之也。"后裴航终于寻得玉杵臼，遂成婚，双双仙去。此处用这一典故是表明自己的"蓝桥之遇"曾经有过，且来得比较容易。

⑤饮牛津：据张华《博物志》载，有人于八月乘浮槎至天河，见一丈夫牵牛饮渚次，此丈夫即牵牛星宿。后即以饮牛津谓天河。刘筠《戊申七夕》："渐渐风微素月新，鹊桥横绝饮牛津。"这里借指与恋人相会的地方。

蝶恋花

辛苦最怜天上月。一昔①如环，昔昔都成玦②。若似月轮终皎洁③。不辞冰雪为卿热。

无那④尘缘容易绝。燕子依然，软踏帘钩说⑤。唱罢秋坟⑥愁未歇，春丛认取双栖蝶⑦。

【注解】

①昔：同"夕"。《庄子·天运》："蚊虻噆肤，则通昔不寐矣。"

②玦：有缺口的佩玉，此指缺月。

③若似月轮终皎洁：王彦泓《和孝仪看灯》："可怜心似清霄月，皎洁随郎处处游。"

④无那：无奈，无可奈何。

⑤燕子依然，软踏帘钩说：李贺《贾公闾贵婿曲》："燕语踏帘钩，日虹屏中碧。"

⑥秋坟：李贺《秋来》："秋坟鬼唱鲍家诗，恨血千年土中碧。"

⑦春丛认取双栖蝶：此句意思是说，花丛中的蝴蝶可以成双成对，人却生死分离，不能团聚。此处"双栖蝶"化用梁山伯与祝英台死后化蝶的故事。李商隐《蜂》："青陵粉蝶休离恨，长定相逢二月中。"认取，注视着。取，语气助词。

〖延展链接〗

这是一首悼亡词。纳兰性德是个非常重情义的人。其爱妻亡故之后，他时常处于思念亡妻的痛苦之中，他为亡妻而作的悼亡词哀吟不绝。在《沁园春·瞬息浮生》等多首悼亡词中，都深刻地表达了自己对爱妻亡故的深沉悲痛之情。纳兰曾在词序中说亡妻曾在梦中告诉他："衔恨愿为天上月，年年犹得向郎圆。"钱仲联《清词三百首》评纳兰的这几首悼亡词："秋坟鬼唱，化蝶双栖，斑骓无寻，梦成今古，暗香飘尽，惜花人去等，都是死别之词。缠绵悱恻，哀怨凄厉，诚如杨芳灿所云'思幽近鬼'（《饮水词序》）者。"

又

　　眼底风光留不住。和暖和香①，又上雕鞍②去。欲倩烟丝遮别路。垂杨那是相思树。

　　惆怅玉颜③成闲阻。何事东风，不作繁华主。断带④依然留乞句。斑骓一系无寻处。

【注解】

①和暖和香：伴着温暖，带着芳香。
②雕鞍：雕饰有图案花纹的马鞍。
③玉颜：指亡妻美丽的容貌。
④断带：割断了的衣带。

又　散花楼送客

　　城上清笳城下杵①。秋尽离人，此际心偏苦。刀尺又催②天又暮。一声吹冷蒹葭③浦。

　　把酒留君君不住。莫被寒云，遮断君行处。行宿黄茅山店④路。夕阳村社迎神鼓。

【注解】

①城上清笳城下杵：清笳，凄清的胡笳声。杵，捶衣所用的棒槌，这里指捣衣之声。
②刀尺又催：指赶制寒衣。杜甫《秋兴》："寒衣处处催刀尺，白帝城高急暮砧。"
③蒹葭：蒹和葭都是水草，本指在水滨怀念故人，后多用蒹葭表示思念异地友人。刘禹锡《武陵书怀》："露变蒹葭浦，星悬橘柚村。"
④黄茅山店：指荒村野店。苏庠《鹧鸪天》："醉眠小坞黄茅店，梦倚高城赤叶楼。"

又

　　准拟①春来消寂寞。愁雨愁风，翻把春担阁②。不为伤春情绪恶。为怜镜里颜非昨。

　　毕竟春光谁领略。九陌缁尘③，抵死遮云壑④。若得寻春终遂约。不成长负东君诺。

【注解】

①准拟：打算、想要。

②翻把春担阁：翻，反而。担阁，耽搁，耽误。

③九陌缁尘：此以九陌缁尘喻种种琐事。九陌，京都大路。缁尘，灰尘，比喻世俗的污垢。谢朓《酬王晋安》："谁能久京洛，缁尘染素衣。"

④云壑：云雾缭绕的山谷，指远离俗世的清净之所。

又

　　又到绿杨曾折处①。不语垂鞭②，踏遍清秋路③。衰草连天无意绪。雁声远向萧关④去。

　　不恨天涯行役⑤苦。只恨西风⑥，吹梦成今古。明日客程还几许。沾衣况是新寒雨。

【注解】

①又到绿杨曾折处：意谓又行至过去与爱妻折柳赠别的地方，勾起了心中无限的惆怅。

②不语垂鞭：温庭筠《赠知音》："不语垂鞭上柳堤。"

③踏遍清秋路：李贺《马诗》："何当金络脑，快走踏清秋。"

④萧关：西北边关，此处代指边塞地区。

⑤行役：《诗经·魏风·陟岵》："予子行役，夙夜无已。"

⑥只恨西风：因服役或公务而跋涉在外。龚鼎孳《浪淘沙》词："西风吹梦上妆台。"

又

萧瑟兰成①看老去。为怕多情，不作怜花句。阁泪②倚花愁不语。暗香飘尽知何处。

重到旧时明月路。袖口香寒③，心比秋莲苦④。休说生生⑤花里住。惜花人去花无主⑥。

【注解】

①兰成：庾信的小字。陆龟蒙《小名录》："庾信幼而俊迈，聪敏绝伦，有天竺僧呼信为兰成，因以为小字。"

②阁泪：含泪。佚名《鹧鸪天》："尊前只恐伤郎意，阁泪汪汪不敢垂。"

③袖口香寒：晏几道《西江月》："醉帽檐头风细，征衫袖口香寒。"

④心比秋莲苦：高观国《喜迁莺》："香锁雾扃，心似秋莲苦。"

⑤生生：世世代代。

⑥惜花人去花无主：辛弃疾《定风波·杜鹃花》："毕竟花开谁作主，记取，大都花属惜花人。"

又

露下庭柯①蝉响歇。纱碧如烟，烟里玲珑②月。并着香肩③无可说。樱桃④暗解丁香结。

笑卷轻衫鱼子缬⑤。试扑流萤⑥，惊起双栖蝶。瘦断玉腰⑦沾粉叶。人生那不相思绝。

【注解】

①庭柯：庭院中的树木。

②玲珑：李白《玉阶怨》："却下水晶帘，玲珑望秋月。"

③香肩：散发着香气的肩背。

④樱桃：指女子像樱桃一样小而红的嘴唇。此处代指恋人。

⑤鱼子缬：一种有鱼子花纹的丝织品。

⑥流萤：飞行不定的萤火虫。杜牧《秋夕》："银烛秋光冷画屏，轻罗小扇扑流萤。"

⑦玉腰：指蝶。出自温庭筠对联："蜜官金翼使，花贼玉腰奴。"

又　出塞

今古河山无定据①。画角②声中，牧马频来去③。满目荒凉谁可语。西风吹老丹枫树。

从前幽怨应无数。铁马金戈④，青冢黄昏路⑤。一往情深深几许。深山夕照深秋雨。

【注解】

①无定据：意谓自古以来，权力纷争不止，江山变化无定。无定，无准。

②画角：古时候的管乐器，源自西羌，形状像竹筒，本细末粗，用竹木或皮革等制成，因其表面有彩绘，故得名。画角发声哀厉高亢，古时候军中多用来警昏晓，振士气，肃军容。

③牧马频来去："这句的意思是说北方少数民族曾多次南下进入中原。贾谊《过秦论》："胡人不敢南下而牧马。

④铁马金戈：指战争。

⑤青冢黄昏路：青冢，王昭君的坟，在今内蒙古呼和浩特市南郊。杜甫《咏怀古迹》："一去紫台连朔漠，独留青冢向黄昏。"

又

尽日惊风①吹木叶。极目嵯峨②，一丈天山雪③。去去丁零④愁不绝。那堪客里还伤别。

若道客愁容易辍。除是朱颜，不共春销歇。一纸乡书和泪摺。

红闺此夜团栾月。

【注解】

①惊风：狂风。

②嵯峨：形容山势高峻。沈约《昭君辞》："衔涕试南望，关山郁嵯峨。"

③一丈天山雪：李端《雨雪曲》："天山一丈雪，杂雨夜霏霏。"天山，在新疆中部。这里是用天山代指塞外的山。

④去去丁零：去去，一步一步地行走，越走越远。丁零，古族名。汉代分布于今贝加尔湖以南的地区。西汉初为匈奴所破。汉本始二年(公元前72年)、东汉元和二年（85年）、永元元年（89年）协同乌孙、乌桓、鲜卑等族，配合汉军，击败匈奴，迫其西迁。东汉时部分南迁，两晋南北朝时，与其他名族融合，留在漠北的大部分，称"敕勒"，后作"铁勒"。

〖**延展链接**〗

《瑶华集》中这首词的题目为"十月望日与经岩叔别"，由此可推知这首词大约作于康熙二十一年十月十五日，当作者奉命"觇梭龙"。纳兰性德作为贵公子，又是皇帝的身边侍卫，可说是极尽荣耀和风光了，但是他向我们展现的是一幅天涯羁旅、游子落拓的凄凉悲伤的景象。也有人认为这是一首怀念亡妻的情词，篇末的描写也挺吻合。不过赠别也好，情词也好，肺腑之语、温柔蕴藉是这首词突出的特色。

河　传

春残，红怨①，掩双环②。微雨花间昼闲。无言暗将红泪弹。阑珊。香销轻梦还③。

斜倚画屏思往事。皆不是④。空作相思字⑤。记当时。垂柳丝，花枝，满庭胡蝶儿。

河渎神

　　凉月转雕阑①。萧萧木叶声干②。银灯飘落琐窗闲。枕屏几叠秋山。

　　朔风吹透青缣被③。药炉火暖初沸。清漏④沉沉无寐。为伊判得憔悴⑤。

【注解】

①雕阑：雕栏，雕花的栏杆。

②萧萧木叶声干：干，形容声音干涩嘶哑。柳永《倾杯》："空阶下、木叶飘零，飒飒声干。"

③朔风吹透青缣被：朔风，指冬天的风，也指寒风。青缣被：青色细绢缝制成的被子。白居易《冬夜与钱员外同直禁中》："连铺青缣被，对置通中枕。"

④清漏：清晰的滴漏声。

⑤为伊判得憔悴：判得，拼得。柳永《蝶恋花》："衣带渐宽终不悔，为伊消得人憔悴。"

又

　　风紧雁行高。无边落木萧萧①。楚天魂梦与香消。青山暮暮朝朝。

断续凉云来一缕。飘堕几丝灵雨②。今夜冷红③浦溆④。鸳鸯栖向何处？

【注解】

①无边落木萧萧：这里描绘了一幅深秋的图景。杜甫《登高》："无边落木萧萧下，不尽长江滚滚来。"

②灵雨：好雨。据《后汉书·郑弘传》，郑弘为淮阳太守，政宽人和，致行春天旱，有灵雨随车而降。后遂有以灵雨为称颂地方官的典故。

③冷红：秋花。

④浦溆：湘楚间称水边为浦溆。

落花时

夕阳谁唤下楼梯。一握香荑①。回头忍笑阶前立，总②无语，也依依。

笺书直恁③无凭据，休说相思。劝伊好向红窗醉，须莫及，落花时。

【注解】

①香荑：荑原为茅草的嫩芽，这里指女子柔嫩的手指。柳永《塞孤》："相见了、执柔荑，幽会处、偎香雪。"

②总：纵然，虽然。

③直恁：竟然如此。

卷　　二

金缕曲　赠梁汾①

德②也狂生耳。偶然间、缁尘京国，乌衣门第。有酒惟浇赵州士③，谁会成生④此意？不信道⑤、遂成知己。青眼⑥高歌俱未老⑦，向樽前⑧、拭尽英雄泪。君不见，月如水⑨。

共君此夜须沉醉。且由他、蛾眉谣诼⑩，古今同忌。身世悠悠何足问，冷笑置之而已。寻思起、从头翻悔⑪。一日心期千劫⑫在，后身缘⑬、恐结他生里。然诺重⑭，君须记。

【注解】

①梁汾：顾贞观，字华峰，号梁汾，无锡人。康熙举人，官至国史院典籍。康熙十年退仕返故乡。康熙十五年再度入京，结识纳兰性德，情好日密，成忘年挚友。梁汾重道义，笃友情，与性德及吴兆骞的生死情谊最为人称道。梁汾著有《弹指词》《征纬堂诗》。

②德：纳兰性德自指。

③有酒惟浇赵州士：平原君好养士，死后虽未葬赵州，但他是赵国公子，又是赵相，故称其墓为"赵州士"。李贺《浩歌》："买丝绣作平原君，有酒惟浇赵州士。"

④成生：性德原名成德。自称成生。

⑤不信道：言乍逢知己，竟不敢自信之情。道，竟。

⑥青眼：据《晋书·阮籍传》，阮籍能为青白眼，见礼俗之士，以白眼对之，见良朋高士，则用青眼。杜甫《短歌行赠王郎司直》："青眼高歌望吾子，眼中之人吾老矣。"

⑦俱未老：作此词时，性德二十二岁，梁汾生于明崇祯十年，四十岁。

⑧向樽前：张榘《贺新凉》："髀肉未消仪舌在，向樽前、莫洒英雄泪。"

⑨月如水：曹操《短歌行》："明明如月，何时可掇？"又曰："我有嘉宾，鼓瑟吹笙。"此暗用其意，喻知交相遇。

⑩谣诼：屈原《离骚》："众女嫉余之蛾眉兮，谣诼谓余以善淫。"性德与梁汾交，时有造谣中伤者。

⑪翻悔：对之前允诺之事后悔而拒绝承认。辛弃疾《临江仙》："六十三年无限事，从头悔恨难追。"

⑫千劫：永恒。佛家以天地一成一毁为一劫。

⑬后身缘：谓来世之情。

⑭然诺重：然诺，应允他人的承诺。重，郑重。《新唐书·哥舒翰传》："家富于财，任侠重然诺。"

〖延展链接〗

　　这首词写于康熙十五年。据顾贞观记云："岁丙辰，容若年二十有二，乃一见即恨识余之晚，阅数日，填此曲为余题照。"这一年性德获殿试二甲七名，赐进士出身，并授三等侍卫，后晋为一等。他以贵族公子、皇帝近侍的身份与沉居下僚的顾梁汾相识，两人大有相见恨晚之感，并对其不幸的遭遇深表同情。这首词便作于纳兰与梁汾相识不久后。此词采用直抒胸臆的手法，不假雕饰，真切自然地表达了诚挚朴素的友情。

又　姜西溟①言别，赋此赠之

　　谁复留君住。叹人生、几番离合，便成迟暮②。最忆西窗同剪烛，却话家山夜雨③。不道只、暂时④相聚。滚滚长江萧萧木，送遥天、白雁⑤哀鸣去。黄叶下，秋如许。

　　曰归因甚添愁绪。料强如、冷烟寒月，栖迟梵宇⑥。一事⑦伤心君落魄，两鬓飘萧未遇。有解忆、长安儿女⑧。裘敝⑨入门空太息，信古来、才命真相负。身世恨，共谁语。

【注解】

①姜西溟：姜宸英，清代文学家。字西溟，浙江慈溪人。明末诸生。清康熙以荐入明史馆，纂修《刑法志》，又入《一统志》局为分纂。栖迟京中多年，不得志。后因科场案牵连，死于狱中。这首词写于康熙十八年，姜宸英母亲故去南归之前。

②迟暮：比喻衰老。屈原《离骚》："惟草木之零落兮，恐美人之迟暮。"

③最忆西窗同剪烛，却话家山夜雨：化用李商隐《夜雨寄北》："君问归期未有期，巴山夜雨涨秋池。何当共剪西窗烛，却话巴山夜雨时。"

④暂时：此处指西溟至京方一年。

⑤白雁：唐彦谦《留别》："丹湖湖上送行舟，白雁啼残芦叶秋。"

⑥栖迟梵宇：栖迟，徘徊逗留。梵宇，寺庙，当时西溟所住的千佛寺。

⑦一事：谓西溟年逾半百而无功名、无官职之事。

⑧有解忆、长安儿女：杜甫《月夜》："遥怜小儿女，未解忆长安。"

⑨裘敝：破烂的衣服。词句说西溟不第而归，徒自叹息。《战国策·秦策一》：
　　"苏秦始将连横：说秦王书十上而说不行，黑貂之裘敝，黄金百斤尽。"

又　简梁汾①

洒尽无端泪。莫因他、琼楼寂寞②，误来人世。信道痴儿多厚福，谁遣偏生明慧。莫更着、浮名相累。仕宦何妨如断梗，只那将、声影供群吠③。天欲问，且休矣。

情深我自判憔悴④。转丁宁、香怜易爇，玉怜轻碎。羡杀软红尘⑤里客，一味醉生梦死。歌与哭、任猜何意。绝塞生还吴季子⑥，算眼前、此外皆闲事。知我者，梁汾耳。

【注解】

①简梁汾：写给顾贞观的信札。简，简札、书信。

②琼楼寂寞：谓仕宦不利，命多乖蹇，未得朝廷重用。

③声影供群吠：成语"一犬吠影，百犬吠声"。梁汾出入明珠府第，时常有
　人以"投靠权门"进行讥讽。

④情深我自判憔悴：此谓对梁汾深情思念，以致形容憔悴，但也心甘情愿。
　判，心甘情愿。

⑤软红尘：飞扬的尘土，形容繁华热闹，亦指繁华热闹的地方。卢祖皋《鱼
　游春水》："软红尘里鸣鞭镫，拾翠丛中勾伴侣。"

⑥绝塞生还吴季子：吴季子，谓吴兆骞。兆骞，字汉槎，吴江人。因顺治丁
　酉举乡试，卷入科场案，流放宁古塔（今黑龙江省宁安县）。至性德作此
　词时，流放塞外已十八年。汉槎与梁汾为故交，梁汾因求性德援手。梁汾
　于丙辰冬作《金缕曲》二章寄汉槎，性德见之，遂允为救助。

又　寄梁汾

木落吴江①矣。正萧条、西风南雁，碧云千里。落魄江湖还载酒②，一种悲凉滋味。重回首、莫弹酸泪。不是天公教弃置③，是南华、误却方城尉④。飘泊处，谁相慰。

别来我亦伤孤寄⑤。更那堪、冰霜摧折，壮怀⑥都废。天远难穷劳望眼⑦，欲上高楼还已。君莫恨、埋愁无地。秋雨秋花关塞冷，且殷勤、好作加餐⑧计。人岂得，长无谓⑨。

【注解】

①吴江：吴淞江，这里代指顾贞观的故乡无锡。

②落魄江湖还载酒：说的是梁汾今归江南与当日杜牧失意扬州，其悲凉况味相仿。杜牧《遣怀》："落魄江湖载酒行，楚腰纤细掌中轻。"

③不是天公教弃置：天公，指朝廷。弃置，扔在一边，不被任用。

④是南华、误却方城尉：南华，即《南华经》，《庄子》别名。《新唐书·艺文志》："天宝元年，诏号《庄子》为《南华真经》。"方城尉，用唐代诗人温庭筠的故事。方城尉，指温庭筠，温庭筠曾为方城（今河南方城）尉，世称温方城。

⑤孤寄：独自一人寄居他乡。

⑥壮怀：豪壮的胸怀。

⑦天远难穷劳望眼：辛弃疾《满江红》："天远难穷休久望，楼高欲下还重倚。"

⑧加餐：劝增进饮食，保重身体。彭孙遹《菩萨蛮》："寄语好加餐，春来风雨寒。"

⑨人岂得，长无谓：无谓，即无所作为。谓，通"为"，作为之意。李商隐《无题》："人生岂得长无谓，怀古思乡共白头。"

又　再赠梁汾，用秋水轩旧韵①

酒涴青衫卷②。尽从前、风流京兆③，闲情未遣。江左④知名今廿载，枯树⑤泪痕休泫。摇落尽、玉蛾金茧⑥。多少殷勤红叶句，御沟深、不似天河浅⑦。空省识，画图展⑧。

高才自古难通显。枉教他、堵墙⑨落笔，凌云书扁⑩。入洛游梁⑪重到处，骇看村庄吠犬。独憔悴、斯人不免。袭衮门前题凤客⑫，竟居然、润色朝家典⑬。凭触忌，舌难剪⑭。

【注解】

①秋水轩旧韵：秋水轩为明末清初孙承泽的别墅，地处都城西南隅，有"江湖旷朗之境"。后来周亮工之子周在浚借居于此，聚集了许多名士作诗词唱和，后辑为《秋水轩唱和词》。此词即用其韵而成。

②酒浣青衫卷：浣，浸渍，弄脏。吴文英《恋绣衾》："少年骄马西风冷，旧青衫，犹浣酒痕。"

③风流京兆：京兆，京都，指北京。孙舫《杨柳枝词》："不知天意风流处，要与佳人学画眉。"

④江左：古时在地理上以东为左，以西为右，江左也叫"江东"，指长江下游南岸地区，也指东晋、宋、齐、梁、陈各朝统治的全部地区。梁汾是江苏无锡人，因此这样说。魏禧《日录·杂说》："江东称江左，何也？曰：自江北视之，江东在左。"

⑤枯树：此句意在劝慰顾贞观不要悲伤。庾信《枯树赋》："桓大司马闻而叹曰：昔年种柳，依依汉南，今看摇落，凄怆江潭。"

⑥玉蛾金茧：玉蛾，白色的飞蛾，比喻雪花。金茧，金黄色的蚕茧，比喻灯火。

⑦御沟深、不似天河浅：词用红叶题诗故事，实与其事无关。推其意，乃言欲在朝中所办之事，其难甚于登天。深，即天意难测之意。

⑧空省识，画图展：此句谓朝廷未能明察，不能真正赏识人才。省识，认识。杜甫《咏怀古迹》："画图省识春风面，环佩空归夜月魂。"

⑨堵墙：谓围观之人众多，排列如墙。

⑩凌云书扁：此句说的是人才不得敬重，用非其道。

⑪入洛游梁：入洛，用陆机、陆云兄弟入洛之典。游梁，用司马相如游梁之事比喻与名士交游。后人以"入洛""游梁"比喻仕途不得志。

⑫题凤客：据《世说新语·简傲》载，吕安看不起嵇喜，至喜门，题门上作"凤"字而去，喜不觉，犹以为欣。殊不知"凤（鳳）"字拆开，"凡鸟"也。

⑬朝家典：朝廷的典策。

⑭凭触忌，舌难剪：谓直言触忌之性不改。触忌，触犯禁忌。

又

生怕芳樽满①。到更深、迷离醉影，残灯相伴。依旧回廊新月在，不定竹声撩乱。问愁与、春宵长短。人比疏花还寂寞，任红蕤②、落尽应难管。向梦里，闻低唤③。

此情拟倩东风浣。奈吹来、余香病酒，旋④添一半。惜别江郎浑易瘦⑤，更着轻寒轻暖⑥。忆絮语、纵横茗椀⑦。滴滴西窗红蜡泪，那时肠、早为而今断。任角枕，欹孤馆⑧。

【注解】

①生怕芳樽满：钱惟演《玉楼春》："今日芳樽惟恐浅。"芳樽，精美的酒杯。
②红蕤：花蕊。王筠《安石榴》："素茎表朱实，绿叶厕红蕤。"
③向梦里，闻低唤：王彦泓《满江红》："无端梦觉低声唤。"
④旋：即时，骤。
⑤惜别江郎浑易瘦：江郎，江淹，著有《别赋》。
⑥轻寒轻暖：阮逸女《花心动》："乍雨乍晴，轻暖轻寒，渐近赏花时节。"
⑦忆絮语、纵横茗椀：与友人边品茶边低语，议论纵横。
⑧欹孤馆：寄寓在孤独寂寞的会馆中。

又　慰西溟

何事添凄咽？但由他、天公簸弄，莫教磨涅①。失意每多如意少，终古几人②称屈。须知道、福因才折。独卧藜床③看北斗，背高城④、玉笛吹成血。听谯鼓，二更彻。

丈夫未肯因人热⑤。且乘闲、五湖料理⑥，扁舟一叶。泪似秋霖挥不尽，洒向野田黄蝶。须不羡、承明⑦班列。马迹车尘忙未了，任西风、吹冷长安月⑧。又萧寺⑨，花如雪。

①磨涅：磨砺侵染，比喻禁受考验或外界影响。

②几人：多少人。

③藜床：用藜茎编制的一种藤床。庾信《小园赋》："管宁藜床，虽穿而可坐。"古诗文中常指贫寒高士的床榻。

④背高城：西溟暂住千佛寺，寺近京城北城墙。

⑤丈夫未肯因人热：谓大丈夫不应因求官不成而急躁。因人热，借人之力。

⑥五湖料理：谓放弃功名，归于林下。

⑦承明：承明庐，汉承明殿旁室，供侍臣值宿。后以入承明为在朝做官。应璩《百一诗》："问我何功德，三入承明庐。"

⑧吹冷长安月：指在京为官的希望破灭了。

⑨萧寺：西溟在京城时曾寓居萧寺。姜西溟在为纳兰性德撰写的《祭文》中云："于午未间，我蹶而穷，百忧萃止，是时归兄，馆我萧寺。"

〖延展链接〗

康熙十八年，姜西溟"博学鸿儒科"落榜之后，纳兰对他深表同情，于是写下这首词劝慰他。整首词紧扣一个"慰"字，对西溟尽出肺腑，字里行间可以看出两人之间深厚的情谊。严迪昌《清词史》谓："慨然长吭，劝慰中透不平，殊有风鸣万窍、怒涛狂卷的气韵。决不是自缚于南唐一家者所能出手的，至于神虚情匮的工匠们更是难加问津。"

又　　亡妇忌日①有感

此恨何时已②。滴空阶、寒更③雨歇，葬花天气④。三载悠悠魂梦杳，是梦久应醒矣。料也觉、人间无味。不及夜台⑤尘土隔，冷清清、一片埋愁地。钗钿约⑥，竟抛弃。

重泉⑦若有双鱼寄。好知他、年来苦乐，与谁相倚。我自中宵成转侧，忍听湘弦重理⑧。待结个、他生知己。还怕两人俱薄命，再缘悭⑨、剩月零风⑩里。清泪尽，纸灰⑪起。

【注解】

①亡妇忌日：叶舒崇《皇清纳腊室卢氏墓志铭》："卢氏年十八，归余同年生成德……康熙十六年五月三十日卒，春秋二十有一。"

②此恨何时已：李之仪《卜算子》："此水几时休，此恨何时已。"

③寒更：寒冷夜里的更点，借指寒夜。

④葬花天气：卢氏忌日为五月三十日，正是落花时节。此句指卢氏之死如花之凋谢。

⑤夜台：坟墓，阴间。因坟墓将逝去之人长埋在地下，不见光明，因此称坟墓为夜台。黄滔《马嵬》："夜台若使香魂在，应作烟花出陇头。"

⑥钗钿约：钗钿为女人之饰物，即金钗、钿合。这里借指夫妻间的盟誓。白居易《长恨歌》："唯将旧物表深情，钿合金钗寄将去。钗留一股合一扇，钗擘黄金合分钿。但令心似金钿坚，天上人间会相见。"

⑦重泉：即黄泉、九泉，此指坟墓。

⑧忍听湘弦重理：忍，岂忍。湘弦，即湘灵鼓瑟之弦，诗词中多用湘弦来代指琴弦或弹琴。重理，即谓续娶。妻子去世称为断弦，再娶妻称为续弦。性德续娶官氏之时日无考，读此句，作此词时似尚未续娶。

⑨缘悭：缺失缘分。《儒林外史》第三十回："只为缘悭分浅，遇不着一个知己。"

⑩剩月零风：指好景不长。顾贞观《唐多令》："双泪滴花丛，一身惊断蓬，尽当年、剩月零风。"

⑪纸灰：焚烧纸钱的灰。高翥《清明》："纸灰飞作白蝴蝶，泪血染成红杜鹃。"

〖延展链接〗

　　这首词写于康熙十九年农历五月三十日，这天正是纳兰性德爱妻卢氏亡故三周年的忌日。有词评家认为，纳兰性德在爱妻亡故之后，词风发生了重大改变，这首悼念亡妻的《金缕衣》就是其词风大变的代表之作。严迪昌在《清词史》中说："此词纯是一段痴情裹缠、血泪交溢的超越时空的内心独白语。时隔三载，存亡各方，但纳兰痛苦难忍。结尾处尤为伤心动魄，为'结个他生知己'的愿望也难有可能而惊悚。顾贞观曾评纳兰词'容若词一种凄惋处，令人不能卒读'（榆园本《纳兰词》），当指这一类。"

又

疏影临书卷①。带霜华、高高下下，粉脂都遣。别是幽情②嫌妩媚③，红烛啼痕④休泫⑤。趁皓月、光浮冰茧⑥。恰与花神⑦供写照，任泼来、淡墨无深浅。持素障，夜中展。

残釭⑧掩过看逾显。相对处、芙蓉玉绽⑨，鹤翎银扁⑩。但得白衣⑪时慰藉，一任浮云苍犬⑫。尘土隔、软红⑬偷免。帘幞西风人不寐，恁⑭清光⑮、肯惜鹔裘⑯典⑰。休便把，落英剪。

【注解】

①疏影临书卷：梅花疏朗的影子落在了书卷上。疏影，指疏朗的梅影。

②幽情：深远高雅的情景。

③妩媚：指姿态的美好可爱。

④啼痕：指泪痕。

⑤泫：往下滴的样子。

⑥冰茧：这里指蚕茧纸，用蚕茧壳做成的纸，喻纸洁白。

⑦花神：花的神韵。

⑧残釭：残灯，将要熄灭的灯。

⑨芙蓉玉绽：指绽开的芙蓉花洁白如玉。

⑩鹤翎银扁：句谓薄而细长的花瓣洁白如银。鹤翎，比喻细长洁白的花瓣。牡丹有品种名曰鹤翎。

⑪白衣：代指酒。

⑫一任浮云苍犬：比喻世事变化无常。杜甫《可叹》："天上浮云如白衣，须臾忽变如苍狗。"

⑬软红：喻俗世浮华。

⑭恁：如此，这般。

⑮清光：清亮的光辉。

⑯鹔裘：传说中司马相如穿的裘衣。

⑰典：典当。

踏莎美人　　清明

拾翠①归迟，踏青期近。香笺②小叠邻姬讯。樱桃花谢已清明。何事绿鬟斜嚲③、宝钗横。

浅黛④双弯，柔肠几寸。不堪更惹其他恨。晓窗窥梦有流莺。也觉个侬⑤憔悴、可怜生。

【注解】

①拾翠：指妇女游春。彭孙遹《哨遍》："拾翠年时，踏青节候。"

②香笺：即信笺，因其出自邻家少女之手，散发着香气，因此称为香笺。韩偓《偶见》："小叠红笺书恨字。"

③何事绿鬟斜嚲：绿鬟，乌黑的头发。嚲，下垂。欧阳修《阮郎归》："翠鬟斜嚲语声低。"

④浅黛：指女子浅浅描过的眉毛。

⑤个侬：古代口语，指那人。

红窗月

燕归花谢，早因循、又过清明①。是一般风景，两样心情。犹记碧桃影里、誓三生②。

乌丝阑③纸娇红篆，历历④春星⑤。道休孤⑥密约⑦，鉴取深盟。语罢一丝香露⑧、湿银屏⑨。

【注解】

①早因循、又过清明：王雱《倦寻芳》："算韶华、又因循过了、清明时候。"因循，顺应自然。

②三生：佛家语，谓前生、今生、来生。此句疑为写实。

③乌丝阑：笺纸有线格，称丝阑，乌丝阑即黑色线格。

④历历：清晰的样子。

⑤春星：星斗。
⑥孤：辜负。
⑦密约：秘密约会。
⑧香露：花草上面的露水。
⑨银屏：镶有银饰的屏风。

南歌子

翠袖凝寒薄①，帘衣入夜空②。病容扶起月明中。惹得一丝
残篆③、旧熏笼。

暗觉欢期过，遥知别恨同。疏花已是不禁风。那更夜深清露④、
湿愁红⑤。

【注解】

①翠袖凝寒薄：凝寒，严寒。杜甫《佳人》："天寒翠袖薄，日暮倚修竹。"
②帘衣入夜空：帘衣，即帘。帘的作用是分隔内外，所以称衣。《南史·夏
　侯亶传》："（亶）晚年颇好音乐，有妓妾十数人，并无被服姿容，每有客，
　常隔帘奏之，时谓帘为夏侯妓衣。"后来便将帘幕称为帘衣。空，谓月夜
　室内暗，院中明。
③惹得一丝残篆：惹得，此处指缭绕。残篆，指点燃的篆字形的香将要燃尽。
④清露：清洁干净的露水。
⑤愁红：惨绿愁江，指残花败叶，也指女子的愁容。

又

暖护樱桃蕊，寒翻蛱蝶翎。东风吹绿渐冥冥①。不信一生憔悴、
伴啼莺。

素影②飘残月，香丝拂绮棂③。百花迢递玉钗声④。索向⑤绿

窗⑥寻梦、寄余生。

【注解】

①冥冥：本指幽深的样子，此处指绿荫渐渐浓密。

②素影：月影。

③香丝拂绮棂：香丝，柳丝，又指女子的头发。绮棂，有花纹装饰的窗棂。

④百花迢递玉钗声：谓在百花丛中不断地传来玉钗声。迢递，连绵不断。

⑤索向：须向，应该向。

⑥绿窗：代指女子的居所。

又　古戍①

古戍饥乌集，荒城野雉飞。何年劫火剩残灰②。试看英雄碧血③、满龙堆④。

玉帐⑤空分垒，金笳⑥已罢吹。东风回首尽成非⑦，不道兴亡命也、岂人为。

【注解】

①古戍：指古代将士戍守边疆的地方，一般有营垒、烽火台等设施。

②何年劫火剩残灰：劫火，佛家语。后人以劫火指兵火。慧皎《高僧传·竺法兰》："昔汉武穿昆明池底，得黑灰，问东方朔，朔云：不知，可问西域胡人。后法兰既至，众人追以问之，兰曰：世界终尽，劫火洞烧，此灰是也。"

③碧血：仁人志士所流的血。

④龙堆：即白龙堆，汉代西域地名。汉后诗文中所用，皆虚指北方边塞沙漠。

⑤玉帐：军中将帅所居军帐的美称。李商隐《重有感》："玉帐牙旗得上游，安危须共主君忧。"

⑥金笳：胡笳。

⑦东风回首尽成非：李煜《虞美人》："小楼昨夜又东风，故国不堪回首月明中。"

一络索

过尽遥山如画。短衣匹马①。萧萧②落木③不胜秋，莫回首、斜阳下。

别是柔肠萦挂。待归才罢。却愁拥髻④向灯前，说不尽、离人话。

【注解】

①短衣匹马：古代北方少数民族尚骑射，故穿窄袖之衣，称为短衣。这里指穿短衣骑马，奔驰在征途上。
②萧萧：冷落凄清的样子。
③落木：落叶。杜甫《登高》："无边落木萧萧下，不尽长江滚滚来。"
④拥髻：指手捧发髻。刘辰翁《宝鼎现·春月》："又说向灯前拥髻，暗滴鲛珠坠。"

又

野火拂云微绿①。西风夜哭。苍茫雁翅列秋空，忆写向、屏山②曲。

山海几经翻覆③。女墙④斜矗。看来费尽祖龙⑤心，毕竟为、谁家筑。

【注解】

①野火拂云微绿：此句谓大漠荒野之夜，磷火绿光闪闪，好像与天上的云朵连到了一起。野火，指磷火，即俗称之"鬼火"。绿，青色。
②屏山：像山一样曲折的屏风。
③翻覆：巨大而彻底的变化，谓兴亡更替。
④女墙：城墙上呈凹凸状的矮墙。此处指长城。

⑤祖龙：指秦始皇。

赤枣子

惊晓漏，护春眠①。格外娇慵只自怜。寄语酿花②风日好，绿窗来与上琴弦。

【注解】

①惊晓漏，护春眠：早晨的漏声将人惊醒，但人依然贪睡不愿起床。
②酿花：催促花儿开放。吴潜《江城子》："正春妍，酿花天。"

眼儿媚

林下闺房①世罕俦。偕隐②足风流。今来忍见，鹤孤③华表，人远罗浮④。

中年定不禁哀乐⑤，其奈忆曾游。浣花微雨⑥，采菱斜日，欲去还留。

【注解】

①林下闺房：林下，形容闲雅、超脱。《世说新语·贤媛》："谢遏绝重其姊，张玄常称其妹，欲以敌之。有济尼者，并游张、谢二家。人问其优劣，答曰：王夫人神情散朗，故有林下风气；顾家妇清心玉映，自是闺房之秀。"
②偕隐：夫妇相偕隐居。诗词中多指夫妻同归故里。
③鹤孤：孤独之意。鹤性孤高。
④人远罗浮：罗浮，山名，在广东省。柳宗元《龙城录》载：赵师雄迁罗浮日，暮憩于松林间，见一女人，淡妆素服，与语，芳香袭人，相与饮醉。寝起视，乃在大梅花树下，有翠羽啾嘈相顾，月落参横，惆怅而已。这里强调与自己投缘的女子已经从自己的生活中消失了。

⑤中年定不禁哀乐:《世说新语·言语》:"谢太傅语王右军曰: 中年伤于哀乐,
与亲友别, 辄作数日恶。"
⑥浣花微雨: 本指浣花溪。在四川省成都市西郊, 为锦江支流。溪旁有杜甫
的故居, 号浣花草堂。但此处恐指"浣衣"之事。

又　咏红姑娘①

骚屑②西风弄晚寒。翠袖倚阑干③。霞绡④裹处, 樱唇微绽⑤,
鞓鞢⑥红骰。

故宫⑦事往凭谁问, 无恙是朱颜。玉墀争采⑧, 玉钗争插,
至正⑨年间。

【注解】

①红姑娘: 草本植物, 酸浆草的别称。今张家口至内蒙古多见, 仍名红姑娘。
　旧时京中庭院内亦有种植, 高一二尺, 开白花, 结果圆形, 大如算珠, 果
　实笼有薄翅。果熟时或为黄色, 或为红色, 可食, 亦可入药。
②骚屑: 风声。刘向《九议·思古》: "风骚屑以摇木兮。"
③翠袖倚阑干: 对红姑娘的拟人写法。
④霞绡: 谓美艳轻柔的丝织物, 此处形容红姑娘的花冠。
⑤樱唇微绽: 形容红姑娘的果实自薄翅中微微露出。
⑥鞓鞢: 红宝石, 这里比喻红姑娘的颜色。
⑦故宫: 指元故宫。
⑧玉墀争采: 想象元宫中宫女争相采戴红姑娘的情景。
⑨至正: 元顺帝年号。

〔延展链接〕

　　红姑娘, 学名酸浆草, 又名挂金灯、灯笼草、泡泡草等, 北方地区称为
菇蔫儿、姑娘儿, 其果实可以食用。此草产于中国, 南北方均有野生资源分布。
现在在东北地区种植较为广泛, 其他地区种植较少。

又　中元^①夜有感

手写香台^②金字经^③。惟愿结来生。莲花漏^④转，杨枝露滴，想鉴微诚。

欲知奉倩^⑤神伤极，凭诉与秋擎^⑥。西风不管，一池萍水，几点荷灯^⑦。

【注解】

①中元：农历七月十五为中元节，寺院举办盂兰盆会，民俗有祭祀亡故亲人等活动。

②香台：佛殿的别称，即烧香之台。

③金字经：用金泥书写的佛经。

④莲花漏：形如莲花的漏器，古代计时器。莲花漏转指时光流转。

⑤奉倩：荀奉倩。《世说新语·惑溺》载，（荀）妻病逝，荀情"不哭而神伤"，年余亦死，年仅二十九岁。

⑥秋擎：秋灯。

⑦荷灯：荷花状的河灯。旧俗，中元节制荷花形小灯，中燃小烛，浮于水面，以祭祀亡灵。

又　咏梅

莫把琼花比澹妆^①。谁似白霓裳^②。别样清幽，自然标格^③，莫近东墙^④。

冰肌玉骨^⑤天分付，兼付与凄凉。可怜遥夜，冷烟和月，疏影横窗。

【注解】

①澹妆：指梅花。欧阳修《渔家傲》："仙格澹妆天与丽，谁可比。"

②白霓裳：以霓为裳，比喻服饰之美。此处以白霓裳比喻白梅花的色泽艳丽。

③标格：风范，风度。柳永《满江红》："就中有、天真妖丽，自然标格。"

④莫近东墙：比喻谨防有人窥探。宋玉《登徒子好色赋》，宋玉的东邻女子偷窥宋玉长达三年之久。因此有"东墙窥宋"的成语。

⑤冰肌玉骨：指女子洁美之体态，此处借喻梅花之姣好。孟昶《洞仙歌》："冰肌玉骨清无汗。"

又

独倚春寒掩夕扉。清露泣铢衣①。玉箫吹梦，金钗划影②，悔不同携。

刻残红烛③曾相待，旧事总依稀。料应遗恨，月中教去，花底催归。

【注解】

①铢衣：极轻极薄的衣服。《长阿含经》："忉利天衣重六铢，炎魔天衣重三铢，兜率天衣重三铢半，化乐天衣重一铢，他化自在天衣重半铢。"铢，古代的重量单位，一两的二十四分之一。

②划影：指不真切的画像或美景。

③刻残红烛：古人在蜡烛上刻度，烧以计时。

又

重见星娥①碧海槎②。忍笑却盘鸦③。寻常多少，月明风细，今夜偏佳。

休笼彩笔闲书字，街鼓已三挝④。烟丝欲袅，露光微泫⑤，春在桃花。

【注解】

①星娥：神话传说中的织女。李商隐《海客》："海客乘槎上紫氛，星娥罢

织一相闻。"

②槎：木筏子。

③盘鸦：女子梳头盘起的发髻。梅尧臣《次韵酬文忠公》："公家八九妹，鬟发如盘鸦。"

④休笺彩笔闲书字，街鼓已三挝：意谓不再提笔写什么字，夜已深，街上已敲过了三更鼓。赵光远《咏手》："慢笺彩笔闲书字。"

⑤微泫：本指水微微下滴流动的样子。苏轼《同王胜之游蒋山》："竹杪飞华屋，松根泫细泉。"此处形容爱妻的面容光彩照人。

荷叶杯

帘卷落花如雪。烟月。谁在小红亭。玉钗敲竹乍闻声。风影①略分明。

化作彩云飞去。何处。不隔枕函边②。一声将息③晓寒天。肠断又今年。

【注解】

①风影：随风晃动的物影，这里指那人的身影。

②不隔枕函边：意谓与她的枕边情义总是隔不断的。枕函，中间可以贮物的枕头。

③将息：劝人休息，保重。

又

知己一人谁是①。已矣。赢得误他生。有情终古似无情。别语悔分明②。

莫道芳时③易度。朝暮。珍重好花天④。为伊指点再来缘⑤。疏雨洗遗钿。

①知己一人谁是：朱彝尊《百字令》："滔滔天下，不知知己谁是？"
②别语悔分明：赵汝迕《清平乐》："烟浦花桥如梦里，犹记倚楼别语。"
③芳时：花开的时节，引申为美好的时光。
④好花天：指美好的花开季节。
⑤再来缘：下世的姻缘，来生的姻缘。再来，再一次来，即指来生、来世。

梅梢雪　元夜①月蚀

星毯②映彻。一痕微褪梅梢雪。紫姑③待话经年别。窃药心灰、慵把菱花揭。

踏歌④才起清钲⑤歇。扇纨⑥仍似秋期洁。天公毕竟风流绝。教看蛾眉⑦、特放些时缺。

【注解】

①元夜：正月十五元宵节之夜。
②星毯：一团团的烟火。
③紫姑：传说中的神仙。欧阳修《蓦山溪》："应卜紫姑神，问归期，相思望断。"
④踏歌：拉手而歌，以脚踏地为节拍。
⑤钲：打击乐器，锣的一种，铜制，形如圆盘。
⑥扇纨：扇谓团扇，纨谓素绢，喻月色皎洁。
⑦蛾眉：原本形容女子修长弯细的眉毛，这里借喻月蚀之时尚且留下的明亮部分。

〖延展链接〗

　　此词原本的词牌名为《一斛珠》，因词中第二句有"梅梢雪"三字，纳兰性德便用"梅梢雪"作为这首词的词牌名。康熙三年元夜月蚀，陈维崧曾写下《一斛珠》词歌咏此次月蚀，十八年后，纳兰性德用同一词牌名写下了这首词。壬戌元夜，纳兰性德与陈维崧等齐聚花间草堂，饮酒填词，此词便作于当时。

木兰花令 拟古决绝词①

人生若只如初见，何事秋风悲画扇②。等闲变却故人心③，却道故心人易变。

骊山语罢清宵半。泪雨零铃终不怨④。何如薄幸锦衣郎，比翼连枝当日愿⑤。

【注解】

①拟古决绝词：《乐府诗集》已有元稹《决绝词》，所以本题有"拟古"二字。决绝，断绝交情，永不再见。《宋书·乐志》引《白头吟》："闻君有两意，故来相决绝。"这里是以男女之情隐喻友情。

②何事秋风悲画扇：此用汉班婕妤被弃典故。班婕妤为汉成帝妃，后受到冷落，退居冷宫，有诗《怨歌行》："新裂齐纨素，皎洁如霜雪。裁成合欢扇，团团似明月。出入君怀袖，动摇微风发。常恐秋节至，凉飙夺炎热。弃捐箧笥中，恩情中道绝。"以秋扇为喻，抒发被弃之怨情。南北朝梁刘孝绰《班婕妤怨》诗又点明"妾身似秋扇"，后逐渐以秋扇喻女子被弃。这里是说本应当相亲相爱，却成了今日的相离相弃。

③等闲变却故人心：等闲，轻易地，平平常常。故人，情人。

④骊山语罢清宵半。泪雨零铃终不怨：这两句化用了唐明皇与杨贵妃的典故。骊山，指骊山华清宫长生殿，唐明皇与扬贵妃曾在此处秘密盟誓。白居易《长恨歌》："七月七日长生殿，夜半无人私语时。"后安史之乱，马嵬坡事件发生，杨贵妃自缢而亡，唐朝皇入蜀。当时正值雨季，唐明皇在雨夜中听着栈道中的铃声，不禁百感交集，写下了《雨霖铃》，寄托自己内心的幽思。

⑤何如薄幸锦衣郎，比翼连枝当日愿：薄幸，薄情。锦衣郎，指唐明皇。意谓怎比得上当年的唐明皇呢？他总还是与杨贵妃有过比翼鸟、连理枝的誓愿！意思是纵然生死离别，也还是不忘旧情。

长相思

山一程。水一程。身向榆关①那畔行。夜深千帐灯。

风一更②。雪一更。聒③碎乡心梦不成。故园④无此声。

【注解】

①榆关：旧时常用作山海关的别称。又名"临渝关""临榆关"。隋开皇三
　年（公元583年）筑，故址即今河北秦皇岛市东山海关。唐为东北军事重镇。
　辽、金、元时渐废，明洪武初徐达修复改今名。

②一更：一阵。

③聒：嘈杂扰人。柳永《瓜茉莉》："残蝉噪晚，甚聒得、人心欲碎。"

④故园：指京城，纳兰性德出生及成长的地方。

〖**延展链接**〗

　　康熙二十一年的早春时节，纳兰性德随驾东巡，这首词便写于前往山海
关的途中。蔡篙云《柯亭词论》云："纳兰小词，丰神迥绝。""尤工写塞外
荒寒之景，殆馗从时所身历，故言之亲切如此。"纳兰性德身历此情此景，
因此他笔下的塞外风光显得格外亲切感人。

朝中措

　　蜀弦秦柱①不关情。尽日掩云屏②。已惜轻翎③退粉，更嫌弱
絮为萍④。

　　东风多事，余寒吹散，烘暖微醒⑤。看尽一帘红雨⑥，为谁
亲系花铃⑦。

【注解】

①蜀弦秦柱：指蜀地的琴和秦地的筝，泛指乐器。汉蜀郡司马相如善操琴。
　筝相传为秦蒙恬所造。

②云屏：云母屏风。李商隐《嫦娥》："云母屏风烛影深，长河渐落晓星沉。"

③轻翎：蝶翅。

④絮为萍：传说柳絮落水变为浮萍。《广群芳谱》："萍，一名水花。春初
　始生，杨花入水所化。"杨花，即柳絮。

⑤酲：酒醉后困惫如病的状态。

⑥红雨：喻落花。李贺《将进酒》诗："桃花乱落如红雨。"

⑦花铃：为防鸟雀伤花而系在花上的护花铃。

寻芳草　萧寺①记梦

客夜怎生过。梦相伴、绮窗吟和。薄嗔②佯笑道，若不是恁凄凉，肯来么。

来去苦匆匆，准拟待、晓钟敲破。乍偎人、一闪灯花堕，却对着琉璃火③。

【注解】

①萧寺：佛寺。李贺《马诗》："萧寺驮经马，元从竺国来。"王琦汇解："《释氏要览》：'今多称僧居为萧寺者，是用梁武造寺，以姓为题也。'"

②薄嗔：佯笑，假意嗔怒，故作嗔怪。

③琉璃火：佛寺供佛用的琉璃灯。

〖延展链接〗

　　这是一首记梦之作，表达了词人对所爱之人的深深思念和怨离之情。"薄嗔""偎人"说明性德所梦之人乃亡去的爱妻。卢氏亡故之后，一年多才下葬。依照旧习，其柩应暂厝寺庙。"肯来么"三字，副题所云"萧寺"，即卢氏厝灵之庙宇。这首词应写于康熙十七年七月之前。

遐方怨

欹角枕①，掩红窗。梦到江南，伊家博山②沉水香③。浣裙④归晚坐思量。轻烟笼浅黛⑤，月茫茫。

【注解】

①敧角枕：斜靠着枕头。

②博山：博山炉，高档香炉的代称。

③沉水香：即沉香，熏香料。《乐府诗集·杨叛儿》："欢作沉水香，侬作博山炉。"

④浣裙：即浣衣，洗衣。

⑤浅黛：远山之色。黛，青黑色的颜料，古代妇女用来画眉。

秋千索　渌水亭①春望

炉边唤酒双鬟亚②。春已到、卖花帘下。一道香尘③碎绿萍，看白袷④、亲调马。

烟丝宛宛⑤愁萦挂。剩几笔、晚晴图画。半枕芙蕖压浪眠，教费尽、莺儿话⑥。

【注解】

①渌水亭：性德家的园亭，建在明珠府的西花园里。性德另有《渌水亭》诗云："野色湖光两不分，碧云万顷变黄云。分明一幅江村画，着个闲亭挂夕曛。"

②炉边唤酒双鬟亚：炉，酒炉。双鬟亚，古代年轻女子环形的发髻，此处代指少女。李白《金陵酒肆留别》："吴姬压酒劝客尝。"

③一道香尘：指湖水中水禽浮游时划破水面。

④白袷：白色夹衣。

⑤宛宛：柔细的样子。

⑥教费尽、莺儿话：谓黄莺不住地啼鸣。费尽，用尽。王安国《清平乐》："留春不住，费尽莺儿语。"

又

药阑①携手销魂②侣。争不记、看承③人处。除向东风诉此情，奈竟日、春无语。

悠扬扑尽风前絮。又百五④、韶光难住。满地梨花似去年，却多了、廉纤雨⑤。

【注解】

①药阑：芍药栏。赵长卿《长相思》："药阑东，药阑西，记得当时素手时。"

②销魂：极度的悲伤或欢乐。

③看承：照顾。吴淑姬《祝英台近》："断肠曲曲屏山，温温沈水，都是旧、看承人处。"

④百五：寒食日，在冬至后的一百零五天。彭孙遹《鹊桥仙·清明》："韶光百五禁烟时，又过了、几番花候。"

⑤廉纤雨：毛毛细雨。晏几道《生查子》："无端轻薄云，暗作廉纤雨。"

又

游丝①断续东风弱。浑无语、半垂帘幙。茜②袖谁招曲槛边，弄③一缕、秋千索。

惜花人共残春薄。春欲尽、纤腰如削。新月才堪照独愁，却又照、梨花落。

【注解】

①游丝：指蜘蛛等吐的丝飘荡在空中。古诗词中常以之表示春天将残。

②茜：绛红色。

③弄：玩弄，游戏。

茶瓶儿

杨花糁径①樱桃落。绿阴下、晴波燕掠②。好景成担阁。秋千背倚③，风态宛如昨。

可惜春来总萧索。人瘦损、纸鸢④风恶。多少芳笺约。青鸢⑤去也，谁与劝孤酌？

【注解】

①杨花糁径：扬花洒落在小路上。糁，洒落。杜甫《绝句漫兴》："糁径杨花铺白毡。"

②晴波燕掠：晴波，阳光下的水波。燕掠，燕子贴水而飞。

③秋千背倚：李商隐《无题》："十五泣春风，背面秋千下。"

④纸鸢：纸扎的鸢子，代指风筝。顾贞观《浣溪沙》："悠扬灯影纸鸢风。"

⑤青鸢：本为传说中西王母身边传递信息的神鸟，此处代指女子。李白《凤凰曲》："青鸢不独去，更有携手人。"

好事近

帘外五更风，消受①晓寒时节。刚剩秋衾一半，拥透帘残月。

争教清泪不成冰？好处便轻别②。拟把伤离情绪，待晓寒重说。

【注解】

①消受：禁受，忍受。

②争教清泪不成冰？好处便轻别：意谓怎教清泪不长流呢（泪流而至结成冰，可见泪流之长之多了）？最好是别把离别之事放在心上。

又

何路向家园，历历残山剩水①。都把一春冷淡②，到麦秋天气③。

料应重发隔年花④，莫问花前事。纵使东风依旧，怕红颜不似。

【注解】

①残山剩水：残存的山岳河流，零散的山水。范成大《万景楼》："残山剩水不知数，一一当楼供胜绝。"

②冷淡：不热情，不热闹。

③麦秋天气：谓农历四五月麦熟时节。

④隔年花：去年的花。

又

马首望青山①，零落繁华如此。再向断烟衰草②，认藓碑题字③。

休寻折戟④话当年，只洒悲秋泪。斜日十三陵⑤下，过新丰⑥猎骑。

【注解】

①马首望青山：意思是通过马头向前望，所见为一脉青山。

②衰草：干枯的草。

③认藓碑题字：意思是可以辨认出长满苔藓的古碑上的文字。藓碑，长满苔藓的石碑。韩维《遗吴冲卿大缘碑文》："世变文字异，岁久苔藓蚀。"

④折戟：断戟被埋在沙里，指惨败。杜牧《赤壁》："折戟沉沙铁未销，自将磨洗认前朝。"

⑤十三陵：明陵，在北京昌平天寿山，葬明成祖而后十三帝。

⑥新丰：地名，今陕西西安市临潼区东北。汉高祖定都关中，因其父思归故

里，乃于故秦骊邑仿丰地街巷筑城，并迁故旧居此，以娱其父。白居易《新丰折臂翁》诗："翁云贯属新丰县"，即此。

太常引　自题小照①

西风乍起峭寒②生。惊雁避移营③。千里暮云平④。休回首、长亭短亭。

无穷山色，无边往事，一例冷清清。试倩玉箫⑤声。唤千古、英雄梦醒。

【注解】

①自题小照：在自己的画像上题词。

②峭寒：严寒，常形容春寒。此处说"西风乍起"，当为初秋之日。

③惊雁避移营：大雁因为士兵转移营地而惊飞相避。惊雁，受到惊吓的大雁。移营，转移营地。

④千里暮云平：王维《观猎》："回看射雕处，千里暮云平。"

⑤玉箫：指玉制的箫，亦为箫的美称。

又

晚来风起撼花铃。人在碧山亭。愁里不堪听。那更杂、泉声雨声。

无凭踪迹①，无聊心绪，谁说与多情。梦也不分明②，又何必、催教梦醒。

【注解】

①无凭踪迹：踪迹全无，难以寻觅。无凭，无所凭据，即无法寻找。晏几道

《鹧鸪天》："相思本是无凭语，莫向花笺费泪行。"

②梦也不分明：张泌《寄人》："倚柱寻思倍惆怅，一场春梦不分明。"

转应曲

明月。明月①。曾照个人离别。玉壶红泪②相偎。还似当年夜来③。来夜。来夜。肯把清辉④重借。

【注解】

①明月。明月：冯延巳《三台令》："明月。明月。照得离人愁绝。"

②玉壶红泪：谓美人的眼泪。

③夜来：即薛灵芸，魏文帝宫中美人，魏文帝为其改名夜来。

④清辉：指月光。

山花子

林下荒苔道韫家①。生怜②玉骨委尘沙。愁向风前无处说，数归鸦③。

半世浮萍随逝水，一宵冷雨葬名花④。魂似柳绵吹欲碎，绕天涯。

【注解】

①林下荒苔道韫家：林下，指幽僻之地。道韫，即谢道韫，东晋诗人，谢安的侄女，王凝之的妻子，聪慧有才辩。

②生怜：深怜，甚怜。

③数归鸦：辛弃疾《玉蝴蝶》："佳人何处，数尽归鸦。"

④一宵冷雨葬名花：无情的冷雨，一夜之间便把名花摧残了。无名氏《伤春曲》："一旦碎花魄，葬花骨，蜂兮蝶兮何不知，空使雕阑对明月。"

又

昨夜浓香分外宜。天将妍暖护双栖①。桦烛②影微红玉③软，
燕钗④垂。

几为愁多翻自笑，那逢欢极却含啼。央及莲花清漏滴，莫
相催。

【注解】

①双栖：共栖的雄雌鸟，代指夫妇或情侣。

②桦烛：以桦木皮卷裹的蜡烛。苏轼《至真州再和》："小院檀槽闹，空庭
桦烛烟。"

③红玉：此处指美人的肌肤。据《西京杂记》载，汉成帝皇后赵飞燕"色如
红玉"。

④燕钗：钗首雕琢有燕形作为装饰的玉钗。

又

风絮飘残已化萍①。泥莲刚倩藕丝萦。珍重别拈香一瓣②，
记前生。

人到情多情转薄，而今真个悔多情③。又到断肠回首处，泪
偷零。

【注解】

①风絮飘残已化萍：旧说柳絮飘落入水为浮萍。

②一瓣：一粒或一片称一瓣。后一柱香亦称一瓣。

③人到情多情转薄，而今真个悔多情：性德有闲章，镌"自伤情多"四字。

〖延展链接〗

这首词是为死去的妻子所作。"记前生"表明性德期盼与亡妻再约来世。

词从景入笔，由景而伤情。这里说自悔"多情"，其实并非真的后悔，而是想要解脱愁怀。如此抒写便更为深透了。

又

　　欲话心情梦已阑①，镜中依约见春山②。方悔从前真草草，等闲看。

　　环佩③只应归月下，钿钗何意寄人间④。多少滴残红蜡泪，几时干。

【注解】

①梦已阑：谓梦醒。阑，残、尽。辛弃疾《南乡子·舟中记梦》："别后两眉尖，欲说还休梦已阑。"

②春山：女子眉毛的美称，代指美人。

③环佩：古人衣带所佩的玉器，后专指女子的装饰物，这里借指所爱的人。杜甫《咏怀古迹》："画图省识春风面，环佩空归夜月魂。"

④钿钗何意寄人间：钿钗，女子的装饰物，代指已逝爱人的遗物。白居易《长恨歌》："唯将旧物表深情，钿合金钗寄将去。"

又

　　小立红桥柳半垂。越罗①裙飔缕金衣②。采得石榴双叶子，欲贻谁？

　　便是有情当落日，只应无伴送斜晖③。寄语东风休著力④，不禁吹。

①越罗：越地所产的丝绸，为著名丝织品，向来以华美精致著称。韦庄《诉衷情》："越罗香暗销，坠花翘。"
②缕金衣：绣有金丝的衣服，也叫金缕衣。
③便是有情当落日，只应无伴送斜晖：意思是纵使夜间有情人梦，而夕阳下却无人做伴。
④著力：用力，尽力。

菩萨蛮

窗前桃蕊娇如倦，东风泪洗胭脂面。人在小红楼。离情唱《石州》①。

夜来双燕宿，灯背屏腰绿②。香尽雨阑珊③，薄衾寒不寒。

【注解】

①《石州》：指乐府七调之一的商调曲名。商调之音凄怆哀怨，多表达凄清伤感之情。李商隐《代赠》："东南日出照高楼，楼上离人唱《石州》。"
②绿：黑，暗。
③雨阑珊：微雨将尽。

又

朔风①吹散三更雪，倩魂犹恋桃花月②。梦好莫催醒，由他好处行。

无端听画角，枕畔红冰薄③。塞马一声嘶，残星拂大旗。

【注解】

①朔风：北风。

②倩魂犹恋桃花月：此言梦醒后犹眷恋着梦中的美好时光。温庭筠《郭处士击瓯歌》："晴碧烟滋重叠山，罗屏半掩桃花月。"
③红冰薄：红色的枕头好像是薄冰一般。彭孙遹《蝶恋花》："十二屏山湘水净。香蒻枕畔红冰凝。"

又

问君何事轻离别，一年能几团圆月。杨柳乍如丝①，故园春尽时。

春归归不得，两桨松花②隔。旧事逐寒潮，啼鹃恨未消③。

【注解】

①杨柳乍如丝：温庭筠《菩萨蛮》："杨柳又如丝，驿桥春雨时。"
②松花：松花江。
③啼鹃恨未消：传说蜀王杜宇死后化为杜鹃，啼声哀苦。顾况《子规》："杜宇冤亡积有时，年年啼血动人悲。"

〖延展链接〗

　　这首词大约写于康熙二十一年。这一年二月十一日，纳兰性德随康熙去往盛京告祭祖陵。三月二十五日到达吉林乌喇，于松花江岸举行了望祭长白山等仪式。这首词便写于此次随行途中。

又　　为陈其年①题照

乌丝曲②倩红儿③谱，萧然④半壁惊秋雨。曲罢鬌鬟⑤偏。风姿真可怜。

须髯浑似戟。时作簪花剧⑥。背立讶卿卿⑦，知卿无那⑧情。

①陈其年：陈维崧，明末清初文学家，字其年，号迦陵，宜兴（今江苏）人。明末诸生。清初曾浪游南北，文名远播。晚年以荐举博鸿词，授翰林院检讨，与修《明史》。陈维崧诗文兼擅，尤其以词和骈文成就最高。有《湖海楼全集》。

②乌丝曲：陈其年的词集最初叫《乌丝词》。

③红儿：唐代歌女杜红儿，后泛指歌女。这里指画中女子。

④萧然：荒凉冷落的样子。

⑤髻鬟：妇人的一种发式。

⑥簪花剧：古时举行盛大典礼时，头上常戴花。

⑦卿卿：男女之间亲昵的称呼。

⑧无那：无限。

〖延展链接〗

　　这首词作于康熙十七年戊午，又有抄本将此篇作《陈其年填词图卷》，词云："乌丝词付红儿谱，洞箫按出霓裳舞。舞罢髻鬟偏，风姿最可怜。倾城与名士，千古风流事。低语属卿卿，卿卿无那情。"

又　宿滦河①

　　玉绳②斜转疑清晓，凄凄月白渔阳③道。星影漾寒沙，微茫织浪花。

　　金笳④鸣故垒，唤起人难睡。无数紫鸳鸯⑤，共嫌今夜凉。

【注解】

①滦河：在今河北省。

②玉绳：星名。原指北斗第五星玉衡之北的天乙、太乙两星，此处代指北斗星。张衡《西京赋》："上飞闼而仰眺，正睹瑶光与玉绳。"

③渔阳：秦、汉、唐皆设渔阳郡，辖地大约在今北京省、天津省、河北省一带。

④金笳：古代铜制的管乐器。

⑤无数紫鸳鸯: 紫鸳鸯, 水鸟名, 即鸂鶒, 形大于鸳鸯, 多紫色, 好雌雄并游。
徐延寿《南州行》:"河头浣衣处, 无数紫鸳鸯。"

又

荒鸡①再咽天难晓, 星榆②落尽秋将老。毡幕绕牛羊, 敲冰饮酪浆。

山程兼水宿, 漏点清钲续③。正是梦回时, 拥衾无限思。

【注解】

①荒鸡: 古时将夜里三更前鸣叫的鸡叫荒鸡。温庭筠《马嵬佛寺》:"荒鸡夜唱战尘深, 五鼓雕舆过上林。"

②星榆: 繁星。刘宪《奉和圣制登骊山高顶寓目应制》:"直城如斗柄, 官树似星榆。"

③漏点清钲续: 指清脆的钲鼓声接续着漏壶的点滴声, 意谓行役劳苦, 夜以继日地奔驰道路。钲, 击打乐器, 军中巡夜用。

又

新寒中酒①敲窗雨, 残香细袅秋情绪②。才道莫伤神, 青衫湿一痕③。

无聊成独卧, 弹指韶光④过。记得别伊时, 桃花柳万丝。

【注解】

①中酒: 醉酒。

②残香细袅秋情绪: 袅, 香烟萦回的样子。萧贡《拟回文》:"纱笼月影斜窗碧, 细篆香萦半幌风。"

③青衫湿一痕: 由于伤心而落泪, 以致眼泪沾湿了衣裳。青衫, 古代学子或

官位卑微者所穿的衣服。白居易《琵琶行》："江州司马青衫湿。"
④韶光：美好的时光。

又

　　白日惊飙①冬已半，解鞍正值昏鸦乱。冰合大河流②，茫茫
一片愁。

　　烧痕③空极望，鼓角高城上。明日近长安④，客心愁未阑。

【注解】

①惊飙：指狂风。
②冰合大河流：谓大河已经冰封，河水不再流动。冰合，冰封。
③烧痕：野火焚烧之后的痕迹。
④长安：此处借指京城。

又

　　萧萧几叶风兼雨，离人偏识长更①苦。欹枕数秋天，蟾蜍早
下弦②。

　　夜寒惊被薄，泪与灯花落③。无处不伤心，轻尘在玉琴④。

【注解】

①长更：长夜。人不寐，天未明，遂显得夜更长。
②蟾蜍早下弦：谓月亮已过了上弦，渐渐地圆了。蟾蜍，代指月亮。早弦，
　　即上弦。
③泪与灯花落：花仲胤妻《伊川令·寄外》："教奴独自守空房，泪珠与灯
　　花共落。"
④轻尘在玉琴：温庭筠《题李处士幽居》："瑶琴寂历拂轻尘。"玉琴，琴
　　的美称。

又　回文①

雾窗寒对遥天暮，暮天遥对寒窗雾。花落正啼鸦，鸦啼正落花。

袖罗垂影瘦，瘦影垂罗袖。风翦②一丝红，红丝一翦风。

【注解】

①回文：一种回环往复诵读都成义的诗体，常见有三式：一、逐句回读，即如本首词；二、全首回读，即先将全诗从头读至尾，再从尾读至头，多见于五、七言绝句；三、诗虽只能正读，但书写盘曲回环。

②风翦：即风吹。翦，同"剪"，有快速之意。

又

催花①未歇花奴②鼓，酒醒已见残红舞。不忍覆余觞③，临风泪数行。

粉香看又别，空剩当时月。月也异当时，凄清照鬓丝。

【注解】

①催花：南卓《羯鼓录》载，二月初宫中景色明丽，柳杏将吐，玄宗遂命高力士取来羯鼓，临轩纵击一曲《春光好》，曲终，见柳杏都已经全开。

②花奴：唐玄宗时汝阳王李琎的小字。李琎善击羯鼓，后人便以花奴鼓代称羯鼓。

③覆余觞：翻倒酒杯，指喝掉杯中所剩残酒。

又

惜春春去惊新燠①，粉融轻汗红绵扑②。妆罢只思眠，江南四月天③。

　　绿阴帘半揭，此景清幽绝。行度竹林风④，单衫杏子红⑤。

【注解】

①新煖：谓天气刚刚变热。
②红绵扑：女子化妆时所用的粉扑。
③四月天：指初夏之时。
④行度竹林风：祖咏《宴吴王宅》："砌分池水岸，窗度竹林风。"
⑤单衫杏子红：古乐府《西洲曲》："单衫杏子红，双鬓鸦雏色。"

又

　　榛荆满眼山城路，征鸿①不为愁人住。何处是长安②，湿云吹雨寒。

　　丝丝③心欲碎，应是悲秋泪。泪向客中多，归时又奈何。

【注解】

①征鸿：即迁徙中的雁，多指秋天南飞的大雁。陈亮《好事近》："懒向碧
　云深处，问征鸿消息。"
②何处是长安：长安，代指京城。辛弃疾《菩萨蛮·书江西造口壁》："东
　北是长安，可怜无数山。"
③丝丝：指细雨。

又

　　春云吹散湘帘①雨，絮粘蝴蝶飞还住。人在玉楼中。楼高四
面风。

　　柳烟丝②一把，暝色笼鸳瓦③。休近小阑干。夕阳无限山。

【注解】

①湘帘：用湘妃竹编制的帘子。

②柳烟丝：烟雾笼罩的柳丝。

③鸳瓦：即鸳鸯瓦，成双成对的瓦。李商隐《当句有对》："秦楼鸳瓦汉宫盘。"

又

晓寒瘦着①西南月，丁丁②漏箭余香咽。春已十分宜，东风无是非。

蜀魂羞顾影，玉照斜红冷。谁唱《后庭花》③，新年忆旧家。

【注解】

①瘦着：形容月亮瘦，指月牙儿。

②丁丁：漏滴声。方干《陪李郎中夜宴》："丁丁寒漏滴声稀。"

③谁唱《后庭花》：《后庭花》，即《玉树后庭花》曲，南朝陈后主所作。
杜牧《泊秦淮》："商女不知亡国恨，隔江犹唱《后庭花》。"

又

为春憔悴留春住，那禁半霎催归雨①。深巷卖樱桃，雨余红更娇。

黄昏清泪阁②，忍③便花飘泊。消得④一声莺，东风三月情⑤。

【注解】

①催归雨：催春归去的雨。

②泪阁：含泪。范成大《八场坪闻猿》："行人举头双泪阁。"

③忍：岂忍。

④消得：禁受得。

⑤三月情：此处或谓暮春之伤情，或别有隐情，所指未详。

又

隔花才歇廉纤雨①，一声弹指②浑无语。梁燕自双归，长条脉脉③垂。

小屏山色远④，妆薄铅华⑤浅。独自立瑶阶，透寒金缕鞋。

【注解】

①廉纤雨：绵绵细雨。

②弹指：极短的时间。

③脉脉：依依若有情的样子。杜牧《题桃花夫人庙》："细腰宫里露桃新，脉脉无言几度春。"

④小屏山色远：小屏风上绘有远山的图案。温庭筠《春日》："屏上吴山远，楼中朔管悲。"

⑤铅华：铅粉，妇女的化妆品。曹植《洛神赋》："芳泽无加，铅华弗御。"

又

黄云紫塞三千里①，女墙西畔啼乌起。落日万山寒，萧萧②猎马还。

笳声听不得，入夜空城黑。秋梦不归家，残灯落碎花③。

【注解】

①黄云紫塞三千里：紫塞，指北方边塞。黄云，边塞之云，因北方天空多有沙尘，所以称为黄云。崔豹《古今注》上《都邑》："秦筑长城，土色皆紫，汉塞亦然，故称紫塞焉。"

②萧萧：马嘶声。《诗经·小雅·车攻》："萧萧马鸣，悠悠旆旌。"

③残灯落碎花：戎昱《桂州腊夜》："晓角分残漏，孤灯落碎花。"落碎花，
灯花掉落。

又

飘蓬只逐惊飙转，行人过尽烟光远。立马认河流①，茂陵②
风雨秋。

寂寥行殿锁，梵呗③琉璃火。塞雁与宫鸦④，山深日易斜。

【注解】

①认河流：根据河流中流水的方向来辨别方向，确定方位。
②茂陵：古陵墓名，西汉五陵县之一。武帝建元二年（公元前139年）在槐
里县（今陕西兴平市东南）茂乡筑茂陵，并迁户置县。治今兴平市东北。
武帝死后葬此。三国魏时县废。茂陵今为全国重点文物保护单位，是汉武
帝陵墓中最大的一处。封土略呈方锥体形，平顶。
③梵呗：佛家语。佛教作法事时的赞颂歌咏之声，也指佛教或佛经。
④塞雁与宫鸦：塞雁，大雁远渡，随着季节的变换在江南、塞北之间往返。
宫鸦，栖息在宫苑中的乌鸦。

又

晶帘①一片伤心白②，云鬟香雾③成遥隔。无语问添衣，桐阴
月已西。

西风鸣络纬④，不许愁人睡。只是去年秋⑤，如何泪欲流。

【注解】

①晶帘：即水晶帘。
②伤心白：令人伤心的白色。

③云鬟香雾：谓其乌黑的头发像黑云一般，其香气如雾气袭人。这里代指闺
　　中之人。杜甫《月夜》："香雾云鬟湿，清辉玉臂寒。"
④络纬：蟋蟀，一云为"纺织娘"。
⑤只是去年秋：指的是秋色与去年相同。

又　　寄梁汾茗中①

　　知君此际情萧索，黄芦苦竹孤舟泊。烟白酒旗青，水村鱼
市晴②。

　　柂楼③今夕梦，脉脉春寒送。直过画眉桥④，钱塘江上潮。

【注解】

①茗中：浙江湖州有茗溪，因称湖州一带为"茗中"或"茗上"。
②水村鱼市晴：王禹偁《点绛唇》："水村渔市，一缕孤烟细。"
③柂楼：船尾舵工操舵的小楼。
④直过画眉桥：桥名。顾贞观《踏莎美人》："双鱼好托夜来潮，此信拆看，
　　应傍画眉桥。"

又　　回文

　　客中愁损①催寒夕，夕寒催损愁中客。门掩月黄昏，昏黄月
掩门②。

　　翠衾孤拥醉，醉拥孤衾翠。醒莫更多情，情多更莫醒。

【注解】

①愁损：愁煞，极度的忧愁。
②门掩月黄昏，昏黄月掩门：朱彝尊《菩萨蛮》："门掩乍黄昏，昏黄乍掩门。"

又　回文

　　研笺银粉残煤画①，画煤残粉银笺研。清夜一灯明，明灯一夜清。

　　片花惊宿燕，燕宿惊花片。亲自梦归人，人归梦自亲。

【注解】

①研笺银粉残煤画：在压印有图案的信笺上，用银粉残墨写写画画。指无聊之极。煤，古代对墨的又一种称法。

又

　　乌丝①画作回纹纸，香煤②暗蚀藏头③字。筝雁十三双④，输他作一行⑤。

　　相看仍似客，但道休相忆。索性不还家，落残红杏花。

【注解】

①乌丝：即乌丝阑纸，有墨线格子的纸。

②香煤：一为妇女之眉笔；一为点燃之香火。皆可通。

③藏头：诗体名，每句第一字连读可组成话语。此句的意思是，以眉笔或火头蚀去藏头诗的第一字，令读诗者猜测。

④筝雁十三双：古筝上有十三根弦，每根弦两头各有一柱，斜着排列如雁行。李商隐《昨日》："十三弦柱雁行斜。"

⑤输他作一行：赞叹作书女子书写极工整，全无歪斜。

〖延展链接〗

　　性德的妻妾中只有沈宛比较擅长诗词，故这首词可能是为沈宛作的。纳兰性德与沈宛于康熙二十三年结合，从这首词中可以知道，沈宛打算康熙二十四年春间归省江南，性德劝慰之。两人新婚才数月，因此"相看似客"；

"休相忆"者，指的是勿怀江南故家，索性待杏花落尽，再作归计可也。可惜的是这一年夏天的五月性德病逝，两人的爱情终成悲剧。

又

阑风伏雨①催寒食，樱桃一夜花狼藉。刚与病相宜②，锁窗薰绣衣。

画眉烦③女伴，央及④流莺唤。半晌试开奁⑤，娇多直⑥自嫌。

【注解】

①阑风伏雨：连绵不断的风雨。
②刚与病相宜：人在潮湿的气候下很容易生病。
③烦：劳烦。
④央及：央求。
⑤奁：梳妆匣。
⑥直：只。

醉桃源

斜风细雨正霏霏①，画帘拖地垂。屏山②几曲篆香微，闲亭柳絮飞。

新绿密，乱红稀，乳莺残日啼。余寒欲透缕金衣③，落花郎未归。

【注解】

①斜风细雨正霏霏：张志和《渔歌子》："斜风细雨不须归。"霏霏，形容风雨正盛。
②屏山：绘有山的屏风。
③缕金衣：饰有金丝的衣服。

昭君怨

深禁①好春谁惜，薄暮瑶阶②伫立。别院管弦声，不分明。
又是梨花欲谢，绣被春寒今夜。寂寞锁朱门，梦承恩③。

【注解】

①深禁：深宫。宫中称禁中。

②瑶阶：对宫殿中台阶的美称。

③梦承恩：梦见自己受到皇帝的宠爱。

卷　　三

琵琶仙　中秋

碧海①年年，试问取、冰轮②为谁圆缺？吹到一片秋香③，清辉④了如雪。愁中看、好天良夜，争知道、尽成悲咽。只影而今，那堪重对，旧时明月。

花径里、戏捉迷藏，曾惹下萧萧井梧叶⑤。记否轻纨小扇，又几番凉热。只落得，填膺百感，总茫茫、不关离别。一任紫玉⑥无情，夜寒吹裂⑦。

【注解】

① 碧海：指大海。
② 冰轮：即明月。王初《银河》："历历素榆飘玉叶，涓涓清月湿冰轮。"
③ 秋香：秋花，多指桂花，也泛指秋天开放的花朵。
④ 清辉：指明月的光辉。
⑤ 井梧叶：井边的梧桐树叶。
⑥ 紫玉：笛，古人多截取紫玉竹为笛。李白《经乱后将避地剡中留赠崔宣城》："胡床紫玉笛，却坐青云叫。"
⑦ 夜寒吹裂：辛弃疾《贺新郎》："长夜笛，莫吹裂。"

清平乐

凄凄切切，惨淡黄花节①。梦里砧声②浑未歇。那更乱蛩悲咽。
尘生燕子空楼③，抛残弦索床头。一样晓风残月④，而今触绪⑤添愁。

【注解】

① 黄花节：深秋时节，即重阳节。黄花，菊花。
② 砧声：捣衣声。
③ 尘生燕子空楼：燕子楼在徐州，唐时张建封爱妓关盼盼曾经居住在此。此

借指亡妻生前居室。

④晓风残月：柳永《雨霖铃》："今宵酒醒何处，杨柳岸、晓风残月。"

⑤触绪：触动了心绪。

又　上元①月蚀

瑶华②映阙，烘散蓂墀雪③。比似寻常清景④别，第一⑤团圆时节。

影蛾⑥忽泛初弦，分辉借与宫莲⑦。七宝⑧修成合璧，重轮⑨岁岁中天。

【注解】

①上元：即元宵节。

②瑶华：美玉，这里指月亮。

③烘散蓂墀雪：这句说月光照在长着祥瑞之草的台阶前，雪白一片。蓂，蓂荚，一种象征祥瑞的草。墀，宫殿之台阶。

④清景：月夜之景。曹植《公宴》："明月澄清景，列宿正参差。"

⑤第一：一年中的第一次月圆。

⑥影蛾：影蛾池，汉武帝宫中的水池名，专供宫人乘舟赏玩月影。

⑦宫莲：金莲花灯，帝王仪仗之一。

⑧七宝：古代民间传说，月由七宝合成。

⑨重轮：日月之外的光圈，称为重轮，古人认为是祥瑞之兆。

又

烟轻雨小，望里青难了①。一缕断虹垂树杪，又是乱山残照。

凭高目断②征途，暮云千里平芜③。日夜河流东下，锦书④应托双鱼。

【注解】

①望里青难了：一眼望去，茫茫青色一片，没有尽头。
②凭高目断：凭高，登高。目断，望断。晏殊《诉衷情》："凭高目断，鸿雁来时，无限思量。"
③平芜：指草木丛生的空旷的原野。
④锦书：书信。

又

孤花片叶，断送清秋节①。寂寂绣屏香篆②灭，暗里朱颜消歇。
谁怜散髻③吹笙，天涯芳草关情④。懊恼隔帘幽梦⑤，半床花月纵横。

【注解】

①清秋节：清爽的秋天时节。
②香篆：即篆香，形似篆文之香。
③散髻：即解散发髻，披散头发。
④关情：牵动情思。
⑤懊恼隔帘幽梦：秦观《八六子》："夜月一帘幽梦，春风十里柔情。"

又

麝烟①深漾。人拥缑笙氅②。新恨暗随新月长。不辨眉尖心上③。
六花④斜扑疏帘。地衣⑤红锦轻沾。记取暖香如梦，耐他一晌寒严⑥。

【注解】

①麝烟：燃烧麝香散发出来的烟。

②缑笙氅：道袍式的大氅。

③不辨眉尖心上：范仲淹《御街行》："都来此事，眉间心上，无计相回避。"

④六花：雪花。雪花有六瓣，因此称雪花为六花。梅尧臣《十五日雪》："寒令夺春令，六花侵百花。"

⑤地衣：地毯。

⑥寒严：严寒，寒气浓重。顾贞观《凤凰台上忆吹箫》："愁来也，玉肌生粟，一晌寒严。"

又

将愁不去①，秋色行难住。六曲屏山②深院宇，日日风风雨雨。

雨晴篱菊初香，人言此日重阳。回首凉云③暮叶，黄昏无限思量。

【注解】

①将愁不去：辛弃疾《祝英台近·晚春》："是他春带愁来，春归何处？却不解、带将愁去。"将愁，长久之愁。

②六曲屏山：曲折的屏风。

③凉云：秋天的云。谢朓《七夕赋》："朱光既夕，凉云始浮。"

又

青陵蝶梦①，倒挂怜幺凤。退粉收香②情一种，栖傍玉钗③偷共。

惝惝④镜阁飞蛾，谁传锦字秋河。莲子⑤依然隐雾⑥，菱花暗惜横波⑦。

①青陵蝶梦：干宝《搜神记》："大夫韩凭取妻美，宋康王夺之，凭怨王，自杀，妻腐其衣，与王登台，自投台下，左右揽之，着手化为蝶。"后来便用这个典故比喻与妻子的分离。

②收香：《名物通》："倒挂，即绿毛幺凤，性极驯，好集美人钗上。日闻好香，则收藏尾翼间，夜则张翼以放香。"

③玉钗：原指玉制的钗头，此处借指美丽的女子。

④愔愔：安闲的样子。李商隐《镜槛》诗："斜门穿戏蝶，小阁钻飞蛾。"

⑤莲子：即怜子。

⑥隐雾：指隐在雾中看不清楚。

⑦横波：比喻女子眼神流转的样子。

又

风鬟雨鬓①，偏是来无准。倦倚玉阑看月晕，容易语低香近②。软风吹过窗纱，心期③便隔天涯。从此伤春伤别，黄昏只对梨花。

【注解】

①风鬟雨鬓：形容妇女发髻蓬松、散乱。李清照《永遇乐》："如今憔悴，风鬟雾鬓，怕见夜间出去。"

②语低香近：此谓与那美丽的女子软语温存，情意缠绵，那宜人的缕缕香气更是令人销魂。

③心期：内心期许，打算。

又　弹琴峡①题壁

泠泠②彻夜，谁是知音者？如梦前朝何处也，一曲边愁难写。极天关塞云中③，人随落雁西风。唤取红巾翠袖④，莫教泪洒英雄。

【注解】

①弹琴峡：历史资料记载的弹琴峡有多处，这里所指地不详，大约在北京昌平境内。

②泠泠：形容水声清脆。陆机《招隐诗》："山溜何泠泠，飞泉漱鸣玉。"

③极天关塞云中：这句写居庸关的形势极其险要。居庸关附近长城沿着山巅而筑，极险峻。

④唤取红巾翠袖：辛弃疾《水龙吟》："倩何人唤取，红巾翠袖，揾英雄泪。"红巾翠袖，指歌女。

又　忆梁汾

才听夜雨，便觉秋如许。绕砌蛩螀①人不语，有梦转愁无据②。

乱山千叠横江，忆君游倦③何方。知否小窗红烛，照人此夜凄凉。

【注解】

①蛩螀：蟋蟀声与寒蝉声。姜夔《白石道人诗说》："悲如蛩螀曰吟。"

②有梦转愁无据：无据，不可靠，不足凭。欧阳修《青玉案》："相思难表，梦魂无据，惟有归来是。"

③游倦：倦于旅途。这里指仕途不如意而到处漂泊。

又

塞鸿①去矣，锦字何时寄。记得灯前佯忍泪②，却问明朝行未。

别来几度如珪③。飘零落叶成堆。一种晓寒残梦，凄凉毕竟因谁。

①塞鸿：边塞的雁。

②记得灯前伴忍泪：韦庄《女冠子》："正是去年今日，别君时，忍泪伴低面，含羞半敛眉。"

③如珪：一种玉制礼器，长条形，上尖（或上圆）下方。帝王诸侯举行典礼时所用，大小名称因爵位和用途不同而异。这里比喻不圆的月亮。江淹《别赋》："秋露如珠，秋月如珪。"

〖延展链接〗

　　纳兰性德多次奉驾巡游塞外，故时常与爱妻分离。这首词是他在塞上相思的怨离之作。上片从爱妻落笔，写她别后盼望家书到来的刻骨相思，又追忆与她分别时的情景。"伴忍泪"和"问明朝行未"，生动地刻画了爱妻不忍离别的眷恋之情。下片写自己，描绘了此时的愁思与寂寞。"几度如珪"是说分离时间的长久，"落叶成堆"，点出秋已深，渲染了离情的凄苦。最后以"残梦""凄凉"结尾，突出了孤独难耐、相思怨别的深情。

一丛花　咏并蒂莲

　　阑珊①玉珮罢霓裳，相对绾红妆②。藕丝风送凌波③去，又低头、软语④商量。一种情深，十分心苦，脉脉背斜阳。

　　色香空尽转生香⑤，明月小银塘。桃根桃叶⑥终相守，伴殷勤、双宿鸳鸯⑦。菰米⑧漂残，沉云乍黑，同梦寄潇湘。

【注解】

①阑珊：零乱，衰落。这里指玉佩声将停止。李贺《李夫人歌》："红璧阑珊悬佩珰，歌台小妓遥相望。"

②绾红妆：谓两朵莲花盘绕联结在一起。

③凌波：指女子轻盈的步履，后代指美女，此借指并蒂莲。曹植《洛神赋》："凌波微步，罗袜生尘。"

④软语：柔和婉转的话。

⑤色香空尽转生香：顾贞观《小重山》："色香空尽转难忘。"

⑥桃根桃叶：王献之的侍妾，为一对姐妹。张敦颐《六朝事迹·桃叶渡》："桃叶者，晋王献之爱妾名也，其妹曰桃根。"此以二桃喻并蒂莲花。

⑦双宿鸳鸯：古民俗，每以莲花、鸳鸯喻相连相伴，诗歌绘画皆然。

⑧菰米：一名雕胡米。杜甫《秋兴》："波漂菰米沉云黑，露冷莲房坠粉红。"

菊花新　用韵送张见阳①令江华

愁绝行人天易暮，行向鹧鸪声里住。渺渺洞庭波②，木叶下、楚天何处。

折残杨柳应无数③，趁离亭④笛声吹度。有几个征鸿⑤，相伴也、送君南去。

【注解】

①张见阳：张纯修，字子敏，号见阳，一号敬斋，河北丰润人。康熙十八年赴湖南江华县任职，官至庐州知府。后居扬州，为性德刻《饮水诗词集》并作序，称性德为异姓昆弟。

②渺渺洞庭波：《楚辞·九歌·湘夫人》："袅袅兮秋风，洞庭波兮木叶下。"

③折残杨柳应无数：古人有折柳赠别的习俗。

④离亭：送别所在的长亭。

⑤征鸿：征雁，大雁秋来南飞，春来北往，但诗词中多指南飞之雁。

淡黄柳　咏柳

三眠①未歇，乍到秋时节。一树斜阳蝉更咽，曾绾霸陵离别②。絮已为萍风卷叶，空凄切。

长条莫轻折③，苏小恨④、倩⑤他说。尽飘零、游冶章台⑥客。

红板桥空、湔裙人⑦去，依旧晓风残月⑧。

【注解】

①三眠：别称三眠柳。出自《三辅故事》："汉苑中有柳状如人形，号曰人柳，一日三眠三起。"

②曾绾霸陵离别：绾，缠绕。霸陵，即汉文帝的陵墓。李白《忆秦娥》："秦月楼，年年柳色，霸陵伤别。"

③长条莫轻折：长条，柳枝。寇准《阳关引》："指青青杨柳，又是轻攀折。"

④苏小恨：苏小，即苏小小，南齐时钱塘名妓。温庭筠《杨柳枝》："苏小门前柳万条。"

⑤倩：请，请求。

⑥章台：汉长安街名。晏几道《鹧鸪天》："新掷果，旧分钗，冶游音信隔章台。"

⑦湔裙人：代指情人或某女子。

⑧依旧晓风残月：柳永《雨霖铃》："杨柳岸、晓风残月。"

满宫花

盼天涯，芳讯①绝。莫是故情全歇。朦胧寒月影微黄，情更薄于寒月。

麝烟销，兰烬②灭。多少怨眉愁睫。芙蓉莲子待分明③，莫向暗中磨折。

【注解】

①芳讯：心中所爱之人的音讯。

②兰烬：燃尽的灯花。李贺《恼公》："蜡泪垂兰烬。"王琦注："兰烬谓烛之余烬状似兰心也。"

③芙蓉莲子待分明：《乐府·子夜歌》："雾露隐芙蓉，见莲不分明。"芙蓉，谐音"夫容"。莲子，谐音"怜子"。

洞仙歌　咏黄葵①

铅华不御②，看道家妆③就。问取旁人入时④否。为孤情淡韵，判不宜春⑤，矜标格、开向晚秋时候。

无端轻薄雨，滴损檀心⑥，小叠宫罗镇长皱⑦。何必诉凄清，为爱秋光，被几日、西风吹瘦。便零落、蜂黄也休嫌，且对倚斜阳，倦偎红袖。

【注解】

①黄葵：即秋葵，一年或多年生草本植物，每年七至十月开花。其状貌颇似蜀葵，唯其叶裂痕较蜀葵深而多，花亦不像蜀葵色彩纷繁，大多为淡黄色，近花心处呈紫褐色。

②不御：不使用。曹植《洛神赋》："芳泽无加，铅华弗御。"

③道家妆：黄色道袍。韩愈《华山女》："黄衣道士亦讲说，座下寥落如明星。"

④入时：合乎风俗时尚。朱庆馀《闺意献张水部》："妆罢低声问夫婿，画眉深浅入时无？"

⑤判不宜春：谓情愿不合春时。

⑥檀心：浅红色的花心。这里指黄葵紫褐色的花心。苏轼《黄葵》："檀心自成晕，翠叶森有芒。"

⑦小叠宫罗镇长皱：小叠宫罗，指花瓣像折叠的罗缎。镇长，仅长，总长。皱，谓花瓣多褶皱。

唐多令　雨夜

丝雨织红茵①，苔阶压绣纹。是年年、肠断黄昏。到眼芳菲都惹恨，那更说，塞垣②春。

萧飒不堪闻，残妆拥夜分③。为梨花、深掩重门④。梦向金微山⑤下去，才识路，又移军⑥。

①红茵：红色的地毯，这里指一地红花。
②塞垣：指长安以西的长城地带。
③夜分：夜半。
④为梨花、深掩重门：戴叔伦《春怨》："金鸭香消欲断魂，梨花春雨掩重门。"
⑤金微山：即今阿尔泰山。卢照邻《王昭君》："肝肠辞玉辇，形影向金微。"
⑥移军：军营转移。

秋水　听雨

　　谁道破愁须仗酒①，酒醒后，心翻②碎。正香销翠被③，隔帘惊听，那又是、点点丝丝和泪。忆剪烛、幽窗小憩。娇梦垂成，频唤觉、一眶秋水。

　　依旧乱蛩声里，短檠④明灭，怎教人睡。想几年踪迹，过头风浪，只消受、一段横波⑤花底。向拥髻、灯前提起⑥。甚日还来，同领略、夜雨空阶滋味。

【注解】

①谁道破愁须仗酒：赵长卿《南乡子》："谁道破愁须仗酒，君看，酒到愁多破亦难。"
②翻：反而，反倒。
③香销翠被：喻指爱妻已不在身边，自己孤单寂寞。
④檠：灯架，借指灯。韩愈《短灯檠歌》："长檠八尺空自长，短檠二尺便且光。"
⑤横波：水波闪动，比喻女子转动的眼神。
⑥向拥髻、灯前提起：向，与、对之意。拥髻，捧持着发髻，是为女子心境凄凉的情态。刘辰翁《宝鼎现》："又说向灯前拥髻，暗滴鲛珠坠。"

虞美人

峰高独石当头起,影落双溪^①水。马嘶人语各西东^②。行到断崖无路小桥通。

朔鸿^③过尽归期杳,人向征鞍老。又将丝泪^④湿斜阳。回首十三陵树暮云黄。

【注解】

①双溪:以双溪为名的溪流很多,此指北京昌平境内的一条小溪。

②马嘶人语各西东:人走近道,马则绕行。

③朔鸿:从北方向南飞去的大雁。

④丝泪:像雨丝一样掉下的眼泪。

又

黄昏又听城头角,病起心情恶。药炉初沸短檠青^①。无那残香半缕恼多情。

多情自古原多病^②,清镜^③怜清影^④。一声弹指泪如丝^⑤,央及东风休遣玉人知。

【注解】

①短檠青:灯烛发出的青色的光火。

②多情自古原多病:张元干《十月桃》:"有多情多病文园,醉里凭阑。"

③清镜:明镜。

④清影:清瘦的身影。

⑤一声弹指泪如丝:吟唱一声《弹指词》便伤心得泪如雨下。弹指,指顾贞观的《弹指词》。

又　　为梁汾赋

凭君料理花间课^①，莫负当初我。眼看鸡犬上天梯^②，黄九自招秦七共泥犁^③。

瘦狂那似痴肥好^④，判任^⑤痴肥笑。笑他多病与长贫^⑥。不及诸公衮衮向风尘^⑦。

【注解】

①凭君料理花间课：指顾贞观南归刊刻《今词初集》及《饮水词》事。花间，《花间集》，词总集名。五代后蜀赵崇祚编。共十卷。选录晚唐、五代词十八家，五百首，其中多数作品赖此书得以保存。以前后蜀词作居多，内容大都写上层宴乐生活和闺情离思，词风艳丽，对后代影响很大。

②眼看鸡犬上天梯：意思是眼看小人入仕朝廷，登上高位。即一人得道，鸡犬升天之意。天梯，道教中所说的登天的云梯。

③黄九自招秦七共泥犁：《苕溪渔隐丛话》："陈师道曰：今代词手，惟秦七黄九耳，唐诸人不逮也。"黄九，指北宋诗人黄庭坚，因其排行第九，故云。秦七，指北宋词人秦观，因其排行第七，故云。此处以"黄九""秦七"代指作者与顾贞观。泥犁，佛教用语，即地狱。

④瘦狂、痴肥：比喻仕途失意与得意。

⑤判任：一任、任凭。

⑥多病与长贫："多病"是说性德自己，"长贫"说的是梁汾。

⑦诸公衮衮向风尘：诸公衮衮，谓诸位公卿连续不断地得意高升，握权柄，登要津，显赫当朝。风尘，指宦途、官场。

又

绿阴帘外梧桐影，玉虎^①牵金井。怕听啼鴂^②出帘迟，挨到年年今日两相思。

凄凉满地红心草^③，此恨谁知道。待将幽忆寄新词，分付^④

117

芭蕉风定月斜时。

【注解】

①玉虎：井上的辘轳。李商隐《无题》："玉虎牵丝汲井回。"

②鹎：鹍鹎，杜鹃鸟，也叫伯劳。严复《哭林晚翠》："忽听啼晚鹎，容易刘芳荪。

③红心草：草名，喻美人之遗恨。沈亚之《异梦录》载，唐代王炎梦游吴国，听闻后宫正在为西施下葬，吴王悲悼不止，诏词客作挽词，王炎即作《西施挽歌》，中有"满地红心草，三层碧玉阶"。

④分付：托付。

又

风灭炉烟残炧冷①，相伴惟孤影。判教狼藉醉清尊②，为问世间醒眼是何人③？

难逢易散花间酒，饮罢空搔首。闲愁总付醉来眠，只恐醒时依旧到尊前。

【注解】

①炉烟、炧：炉烟，熏炉或香炉之烟。炧，灯烛的灰烬。洪迈《夷坚志》："挥鞭划之，碎为灰炧。"诗词中多以指残烛。

②判教狼藉醉清尊：情愿喝得酩酊大醉。

③为问世间醒眼是何人：《楚辞·渔父》："举世皆浊我独清，众人皆醉我独醒。"

又

春情只到梨花薄①，片片催零落。夕阳何事近黄昏，不道人间犹有未招魂②。

银笺③别记当时句，密绾同心苣④。为伊判作梦中人，长向画图清夜唤真真⑤。

【注解】

①梨花薄：梨花丛生之处。薄，指草木丛生之处。

②未招魂：杜甫《返照》："南方实有未招魂。"

③银笺：素白的纸笺。

④同心苣：同心结，有苣状花结，象征爱情。牛峤《菩萨蛮》："窗寒天欲曙，犹结同心苣。"

⑤真真：美人的代称。严绳孙《望江南》："怀袖泪痕悲灼灼，画图身影唤真真。"

又

曲阑深处重相见，匀泪①偎人颤。凄凉别后两应同，最是不胜清怨②月明中。

半生已分孤眠过，山枕③檀痕④涴⑤。忆来何事最销魂，第一折枝花样画罗裙。

【注解】

①匀泪：拭泪。

②不胜清怨：难以忍受的凄清幽怨。钱起《归雁》："二十五弦弹夜月，不胜清怨却飞来。"

③山枕：枕头。因其两头高中间低，形如山，故得此名。

④檀痕：浅红色的泪痕，因古时女子多用胭脂化妆，故泪水浸着胭脂留在枕头上的痕迹是浅红色的。

⑤涴：污，污染。

又

　　彩云易向秋空散①，燕子怜长叹。几翻离合总无因，赢得一回僝僽②一回亲。

　　归鸿③旧约霜前至，可寄香笺④字。不如前事不思量，且枕红蕤⑤欹侧⑥看斜阳。

【注解】

①彩云易向秋空散：白居易《简简吟》："大都好物不坚牢，彩云易散琉璃脆。"此喻相爱之人容易分离。

②僝僽：愁苦，烦恼。张辑《如梦令·比梅》："僝僽，僝僽，比着梅花先瘦。"

③归鸿：归来的大雁。比喻回信。

④香笺：散发着香气的信笺。

⑤红蕤：即红蕤枕，一种红色的玉石枕，这里代指枕头。陈维崧《贺新郎》："红蕤枕畔，泪花轻飏。"

⑥欹侧：侧卧。

又

　　银床①淅沥青梧老，屧粉秋蛩扫。采香②行处蹙连钱③，拾得翠翘④何恨不能言。

　　回廊⑤一寸相思地，落月成孤倚。背灯和月就花阴，已是十年踪迹十年心⑥。

【注解】

①银床：井栏的美称。

②采香：此指女子旧日经行处。范成大《吴郡志·古迹》："采香径，在香山之旁，小溪也。吴王种香于香山，使美人泛舟于溪以采香。"

③连钱: 即连钱草。

④翠翘: 女子的头饰, 状如翠鸟尾上的长羽。温庭筠《经旧游》: "坏墙经雨苍苔遍, 拾得当时旧翠翘。"

⑤回廊: 性德词中多次提及此地, 是他与恋人产生恋情的地方。

⑥已是十年踪迹十年心: 高观国《玉楼春》: "十年春事十年心, 怕说湔裙当日事。"

〖延展链接〗

　　这首词中再次提到了回廊这令性德伤心断肠的地方, 并且从结尾一句来看, 那段恋情已经逝去十年之久, 然而性德依然难以忘怀, 从中可以看他对亡故爱妻的深厚感情, 同时也可以看出性德在这份逝去的爱情中所受到的巨大创伤。性德与卢氏于康熙十三年结合, 从词中结尾一句可知, 这首词大约作于康熙二十二年。

潇湘雨　送西溟归慈溪

　　长安一夜雨, 便添了、几分秋色。奈此际萧条, 无端又听, 渭城风笛①。咫尺层城②留不住, 久相忘、到此偏相忆。依依白露丹枫, 渐行渐远, 天涯南北。

　　凄寂。黔娄③当日事, 总名士、如何消得。只皂帽蹇驴④, 西风残照, 倦游⑤踪迹。廿载江南犹落拓⑥, 叹一人、知己终难觅。君须爱酒能诗, 鉴湖⑦无恙, 一蓑一笠⑧。

【注解】

①渭城风笛: 离别的笛曲。王维有《渭城曲》, 乃送别之诗。

②层城:《淮南子》有"层城九重"语, 后即以层城指京城。

③黔娄: 战国时齐国隐士。齐、鲁国君请他出来做官, 他总是不肯。家甚贫, 死时衾不蔽体。其妻与他一样"乐穷行道"。

④皂帽蹇驴: 皂帽, 黑色的帽子。蹇驴, 跛脚的驴。

⑤倦游：厌烦游官求仕。此指姜宸英追求功名的辛苦历程。

⑥落拓：潦倒失意，放荡不羁。

⑦鉴湖：湖泊名。在浙江省绍兴市西南，又名长湖、庆湖、镜湖等。西溪的故乡，慈溪在绍兴的东北，故有此说。

⑧一蓑一笠：指隐居生活。

雨中花　送徐艺初①归昆山

天外孤帆云外树。看又是春随人去。水驿②灯昏，关城月落，不算凄凉处。

计程应惜天涯暮。打叠起伤心无数。中坐波涛③，眼前冷暖，多少人难语。

【注解】

①徐艺初：徐树谷，字艺初，江苏昆山人。徐乾学长子，康熙二十四年进士。

②水驿：水路中的驿站。

③中坐波涛：坐中波涛，指触犯了朝纲。

临江仙

丝雨如尘云著水，嫣香①碎拾吴宫。百花冷暖避东风②。酷怜③娇易散，燕子学偎红。

人说病宜随月减，恹恹④却与春同。可能⑤留蝶抱花丛。不成双梦影，翻笑杏梁空⑥。

【注解】

①嫣香：娇艳的花瓣。

②百花冷暖避东风：李商隐《无题》："相见时难别亦难，东风无力百

花残。"

③酷怜：极怜。

④恹恹：精神不振的样子。刘兼《春昼醉眠》："处处落花春寂寂，时时中酒病恹恹。"

⑤可能：可否能够，是否能够。

⑥不成双梦影，翻笑杏梁空：燕子成双成对地飞去了，反而笑那屋宇梁上空空。杏梁，用文杏木制成的屋梁。

又

长记碧纱窗外语，秋风吹送归鸦。片帆从此寄天涯。一灯新睡觉①，思梦月初斜。

便是欲归归未得，不如燕子还家。春云春水带轻霞②。画船人似月③，细雨落杨花。

【注解】

①新睡觉：刚刚睡醒。

②春云春水带轻霞：高观国《霜天晓角》："春云粉色，春水和云湿。"

③画船：装饰华丽、绘有彩画的游船。

又　塞上得家报云秋海棠①开矣，赋此

六曲阑干三夜雨，倩谁护取娇慵②。可怜寂寞粉墙东，已分裙衩绿，犹裹泪绡红③。

曾记鬓边斜落下，半床凉月惺忪。旧欢如在梦魂中，自然肠欲断④，何必更秋风。

【注解】

①秋海棠：多年生草本植物，花淡红色。

②娇慵：指秋海棠花。此系以人拟花，为作者想象之语。

③绡红：生丝织的薄绸。

④肠欲断：双关语，既指人，又指花。

又　谢饷①樱桃

绿叶成阴春尽也，守宫②偏护星星③。留将颜色慰多情。分明千点泪④，贮作玉壶冰⑤。

独卧文园⑥方病渴，强拈红豆酬卿。感卿珍重报流莺。惜花须自爱，休只为花疼。

【注解】

①饷：赠送。

②守宫：守宫槐。

③星星：喻樱桃小而透亮。又，同"猩猩"，指猩猩之血，深红色，喻樱桃之色泽。

④千点泪：用一颗颗樱桃比喻点点泪水。

⑤玉壶冰：酒名。鲍照《代白头吟》："直如朱死绳，清如玉壶冰。"

⑥文园：司马相如曾任孝文园令，患消渴疾，称病闲居。后文人多以文园自称，且以病渴指患病。

又　卢龙①大树

雨打风吹都似此②，将军③一去谁怜。画图曾见绿阴圆。旧时遗镞④地，今日种瓜田。

系马南枝⑤犹在否，萧萧欲下长川。九秋黄叶五更烟。只应摇落尽，不必问当年。

【注解】

①卢龙：县名。在河北省东北部、滦河流域，属秦皇岛市。北魏置新昌县，
　隋改今名（北宋末一度改名卢城县）。
②雨打风吹都似此：辛弃疾《永遇乐·京口北固亭怀古》："风流总被雨打
　风吹去。"
③将军：指将军树，即大树。庾信《哀江南赋》："将军一去，大树飘零。"
④镞：箭头。
⑤南枝：朝南之枝。古诗词中常用以表达怀念故乡、故国之意。

又　寒柳

　　飞絮飞花何处是，层冰①积雪摧残。疏疏一树五更寒。爱他
明月好，憔悴也相关。

　　最是②繁丝摇落后，转教人忆春山③。湔裙④梦断续应难。西
风多少恨，吹不散眉弯。

【注解】

①层冰：厚厚的冰。
②最是：特别是。
③春山：女子之眉。此由柳叶如眉想到心爱的人。
④湔裙：即溅裙，溅湿了衣裙。

又

　　夜来带得些儿雪，冻云①一树垂垂。东风回首不胜悲。叶干
丝未尽，未死只颦眉②。

可忆红泥亭子^③外，纤腰舞困因谁。如今寂寞待人归。明年依旧绿，知否系斑骓^④。

【注解】

①冻云：这里指柳树上的积雪。

②颦眉：形容垂落之柳叶。骆宾王《王昭君》："古镜菱花暗，愁眉柳叶颦。"

③红泥亭子：即红亭。古代行人休憩或送别之处。

④斑骓：毛色青白相间的马。代指游荡在外的男子。

又　　寄严荪友

别后闲情何所寄，初莺早雁相思^①。如今憔悴异当时。飘零心事，残月落花知。

生小不知江上路，分明却到梁溪^②。匆匆刚欲话分携。香消梦冷^③，窗白一声鸡。

【注解】

①初莺早雁相思：春去秋来，无日不思念友人。初莺，借指暮春之时。早雁，借指秋末之日。

②梁溪：水名。源出惠山，经无锡城北黄埠墩接运河，自黄埠墩南，分两支入太湖。相传南朝梁曾加修浚，故名。

③香消梦冷：梦醒后梦中的温馨就没有了。

〖延展链接〗

严绳孙，清代文学家，字荪友，晚号藕荡渔人，江苏无锡人。工书善画，与朱彝尊、姜宸英并称"江南三布衣"，著有《秋水集》。康熙十二年，严绳孙与纳兰性德相识，结为忘年之交。

又　永平①道中

　　独客单衾谁念我，晓来凉雨飕飕。缄书欲寄又还休。个侬②憔悴，禁得更添愁。

　　曾记年年三月病③，而今病向深秋。卢龙风景白人头。药炉烟里，支枕④听河流。

【注解】

①永平：路、府名。元大德七年（1303 年）以水患改平滦路置路。治卢龙（今属河北）。辖境相当于今河北长城以南的陡河以东地。明洪武初改为平滦府，四年（1371 年）改名永平府。1913 年废。

②个侬：那人。此处指家中妻子。

③曾记年年三月病：韩偓《春尽日》："把酒送春惆怅在，年年三月病恹恹。"三月病，指暮春之春愁。

④支枕：将枕头竖立着倚靠。

又

　　点滴①芭蕉心欲碎，声声催忆当初。欲眠还展旧时书。鸳鸯小字，犹记手生疏。

　　倦眼乍低缃帙②乱，重看一半模糊。幽窗冷雨一灯孤。料应情尽，还道有情无？

【注解】

①点滴：雨打芭蕉声。

②缃帙：套在书上的浅黄色的布套，这里指书籍。

鬓云松令

枕函香，花径漏①。依约相逢，絮语黄昏后。时节薄寒人病酒。划②地东风，彻夜梨花瘦。

掩银屏，垂翠袖。何处吹箫，脉脉情微逗。肠断月明红豆蔻③。月似当初，人似当初否？

【注解】

①枕函香，花径漏：花径泄漏春光，致使枕头上留有余香。

②划：仅，只。

③豆蔻：多年生常绿草本植物。此处指所恋之人。

又 咏浴

鬓云松①，红玉②莹。早月多情，送过梨花影。半晌斜钗慵未整。晕入轻潮，刚爱微风醒。

露华③清，人语静。怕被郎窥，移却青鸾镜。罗袜凌波波不定④。小扇单衣，可耐星前冷。

【注解】

①鬓云松：女子发髻松散，形容女子初醒之时慵懒的样子。

②红玉：红色宝石，比喻女子红润的肌肤。

③露华：清冷的月光。

④罗袜凌波波不定：比喻女子步履轻盈地越过水面。曹植《洛神赋》："凌波微步，罗袜生尘。"

于中好

独背斜阳上小楼，谁家玉笛韵偏幽。一行白雁遥天暮，几点黄花满地秋。

惊节序，叹沉浮。秾华①如梦水东流。人间所事②堪惆怅，莫向横塘③问旧游。

【注解】

①秾华：此处比喻逝去的美好时光。

②所事：事事。

③横塘：苏州、南京等地皆有横塘，此处泛指江南。温庭筠《池塘七夕》："一夕横塘似旧游。"

又

雁帖①寒云次第飞。向南犹自怨归迟。谁能瘦马关山道，又到西风扑鬓时。

人杳杳，思依依，更无芳树有乌啼。凭将扫黛窗前月②，持向今宵照别离。

【注解】

①帖：贴近，紧挨着。

②扫黛窗前月：女子居室窗外的月亮。扫黛，画眉，代指女子。

又

别绪如丝睡不成。那堪孤枕梦边城①。因听紫塞②三更雨，却忆红楼半夜灯。

书郑重，恨分明③。天将愁味酿多情。起来呵手封题处④，偏到鸳鸯两字冰。

【注解】

①梦边城：梦于边城，谓人在边城而有梦。

②紫塞：边塞。

③书郑重，恨分明：李商隐《无题》："锦长书郑重，眉细恨分明。"

④封题处：指书信的封口签押之处。

又

谁道阴山①行路难。风毛雨血②万人欢。松梢露点霑鹰绁③，芦叶溪深没马鞍。

依树歇，映林看。黄羊④高宴簇金盘⑤。萧萧一夕霜风紧，却拥貂裘怨早寒。

【注解】

①阴山：此指燕山。

②风毛雨血：指大规模狩猎时禽兽毛血纷飞的情景。班固《两都赋》："风毛雨血，洒野蔽天。"

③鹰绁：牵鹰的缰绳。绁，缰绳。

④黄羊：野羊之一种，群聚，善奔跑，日间不易得，入夜，则喜逐光，猎捕甚易。旧时塞外极多见，二十世纪五十年代后，已少见。

⑤金盘：状如盆，内贮酒，众人围而以获管吸饮，称琐力麻酒。

又

小构①园林寂不哗。疏篱曲径仿山家②。昼长吟罢风流子，忽听楸枰③响碧纱。

添竹石，伴烟霞④。拟凭尊酒慰年华。休嗟髀里今生肉⑤，努力春来自种花。

【注解】

①小构：指园林规模不大。

②山家：山野人家。

③楸枰：棋盘。

④添竹石，伴烟霞：陈樵《霜岩石室》诗："竹石无心吾所畏，烟霞有疾不须医。"

⑤髀里今生肉：因长久不骑马，大腿上的肉又长出来了。意为不要感叹年华逝去，自寻苦恼。

〖延展链接〗

性德曾经在自家宅院中修建茅屋，此词即缘此事而作。茅屋既成，改称草堂，或花间草堂。性德《寄梁汾并葺茅屋以招之》诗云："三年此离别，作客滞何方。随意一尊酒，殷勤看夕阳。世谁容皎洁，天特任疏狂。聚首羡麋鹿，为君构草堂。"

又　　十月初四夜风雨，其明日是亡妇生辰

尘满疏帘①素带飘。真成暗度可怜宵。几回偷拭青衫泪，忽傍犀奁②见翠翘。

惟有恨，转无聊。五更依旧落花朝。衰杨叶尽丝③难尽，冷雨凄风打画桥④。

【注解】

①疏帘：编织稀疏的竹制的窗帘。

②犀奁：妇女梳妆镜匣，以犀角为饰。

③丝：谐"思"音。对亡妇的思念。

④画桥：饰有彩绘的桥。

又

冷露无声夜欲阑。栖鸦不定朔风寒。生憎画鼓①楼头急，不放征人梦里还。

秋澹澹，月弯弯。无人起向月中看②。明朝匹马相思处，如隔千山与万山③。

【注解】

①画鼓：饰有彩绘的鼓。

②无人起向月中看：卢纶《裴给事宅白牡丹》："别有玉盘承露冷，无人起就月中看。"

③如隔千山与万山：岑参《原头送范侍御（得山字）》："别君只有相思梦，遮莫千山与万山。"

又　送梁汾南还，为题小影

握手西风泪不干。年来多在别离间①。遥知独听灯前雨，转忆同看雪后山。

凭寄语，劝加餐。桂花时节约重还。分明小像沉香缕②，一片伤心欲画难③。

①年来多在别离间：纳兰为侍卫之臣，陪皇帝出巡是经常的事，仅康熙十九
　年至二十年，纳兰先后随从皇帝巡幸巩华城、遵化、雄县等地，因此说与
　好友"多在别离间"。

②分明小像沉香缕：李贺《答赠》："沉香熏小像，杨柳伴啼鸦。"然李诗
　讹传已久，"小像"本是"小象"，即象形熏炉，"沉香"应是"画像"。
　顾贞观《南乡子》："无计与传神，小像沉香只暗熏。"

③一片伤心欲画难：韦庄《金陵图》："谁谓伤心画不成？"

南乡子　捣衣①

　　鸳瓦已新霜。欲寄寒衣转自伤。见说征夫容易瘦，端相。
梦里回时仔细量。

　　支枕怯空房。且拭清砧就月光。已是深秋兼独夜，凄凉。
月到西南更断肠。

【注解】

①捣衣：古人洗衣时以木杵在砧上捶衣，使之干净，故称捣衣。杨慎《丹
　铅总录·捣衣》："古人捣衣，两女子对立执一杵，如舂米然。尝见六朝
　人画捣衣图，其制如此。"

又　为亡妇题照

　　泪咽却无声。只向从前悔薄情。凭仗丹青重省识①，盈盈。
一片伤心画不成。

　　别语忒分明②。午夜鹣鹣③梦早醒。卿自早醒侬自梦，更更④。
泣尽风檐夜雨铃。

【注解】

①凭仗丹青重省识：杜甫《咏怀古迹》："画图省识春风面。"丹青，指画像。省识，指看画像。

②忒分明：太清晰明确。

③鹣鹣：古代传说中的比翼鸟。常以之比喻恩爱的夫妻。

④更更：一更又一更，指夜夜苦受煎熬。

又

　　飞絮晚悠飏。斜日波纹映画梁。刺绣女儿楼上立，柔肠。爱看晴丝①百尺长。

　　风定却闻香。吹落残红②在绣床。休堕玉钗惊比翼，双双。共唼③苹花绿满塘。

【注解】

①晴丝：虫类所吐的飘荡在空中的游丝。谐音"情思"。

②残红：零落的花瓣。

③唼：水鸟或鱼吃食。

又　柳沟①晓发

　　灯影伴鸣梭②。织女依然怨隔河。曙色远连山色起，青螺③。回首微茫忆翠蛾。

　　凄切客中过。料抵秋闺一半多④。一世疏狂应为着，横波。作个鸳鸯消得么？

【注解】

①柳沟：在今北京延庆县八达岭北。

②鸣梭：织布。徐彦伯《春闺》："裁衣卷纹素，织锦度鸣梭。"

③青螺：形容青色螺形的山。刘禹锡《望洞庭》："遥望洞庭山水翠，白银盘里一青螺。"

④凄切客中过。料抵秋闺一半多：此生多在旅途中度过，遂与闺中人大半在别离中。

又

何处淬吴钩①？一片城荒枕碧流。曾是当年龙战②地，飕飕。塞草霜风满地秋。

霸业等闲休。跃马横戈③总白头。莫把韶华④轻换了，封侯。多少英雄只废丘。

【注解】

①吴钩：古吴地以善铸兵器著名。诗家以吴钩泛指刀剑。

②龙战：《周易·坤》上六爻辞："龙战于野，其血玄黄。"后比喻群雄争夺天下。

③跃马横戈：策马驰骋厮杀。

④韶华：美好的年华。

又

烟暖雨初收。落尽繁花小院幽。摘得一双红豆子，低头。说着分携泪暗流。

人去似春休。厄酒曾将酹①石尤②。别自有人桃叶渡③，扁舟。一种烟波各自愁。

【注解】

①酹：以酒洒地表示祭奠。

②石尤：石尤风，即逆风、顶头风。传说古代石氏女嫁尤郎，尤郎行商远行，石氏女阻之，不从。尤郎行经久不归，石氏女思而致病亡，临终前曰："吾恨不能阻其行，以至于此。今凡有商旅远行，吾当作大风为天下妇人阻之。"故称逆风、顶头风为石尤或石尤风。

③桃叶渡：晋王献之有爱妾名桃叶，王献之曾在秦淮渡口送别爱妾桃叶，后人便把这里称为桃叶渡。

鹊桥仙

月华如水，波纹似练，几簇淡烟衰柳。塞鸿一夜尽南飞，谁与问、倚楼人瘦。

韵拈风絮①，录成金石②，不是舞裙歌袖。从前负尽扫眉才③，又担阁、镜囊④重绣。

【注解】

①韵拈风絮：据《晋书·列女传》记载，晋代才女谢道韫的叔父问雪与何物相似，她说"未若柳絮因风起"。

②录成金石：赵明诚撰《金石录》，其妻李清照为之作序。

③扫眉才：即扫眉才子，指才女。扫眉，画眉。

④镜囊：镜袋。王建《镜听词》，记一女子以镜卜夫归期，并许愿：若夫三日归来，必为镜重绣镜囊。

踏莎行

春水鸭头①，春山鹦觜。烟丝无力风斜倚。百花时节好逢迎，可怜人掩屏山睡。

密语移灯，闲情枕臂。从教②酝酿孤眠味。春鸿不解讳相思，映窗书破人人③字。

【注解】

①鸭头：碧绿，又称鸭头绿。苏轼《送别》："鸭头春水浓如染。"
②从教：任凭、听凭。
③人人：对亲昵者的称呼。

又　寄见阳

倚柳题笺①，当花侧帽②。赏心③应比驱驰好。错教双鬓受东风，看吹绿影④成丝早。

金殿寒鸦，玉阶春草。就中冷暖和谁道？小楼明月镇长⑤闲。人生何事缁尘⑥老。

【注解】

①倚柳题笺：吟诗作词等高雅的生活。
②侧帽：斜戴着帽子。形容洒脱不羁，风流自赏的装束。
③赏心：心意欢娱。
④绿影：绿发，指乌黑发亮的头发。
⑤镇长：经常。
⑥缁尘：黑色灰尘，指风尘、尘世。

翦湘云　送友

险韵①慵拈，新声②醉倚。尽历遍情场，懊恼曾记。不道当时肠断事，还较而今得意。向西风、约略数年华，旧心情灰矣。

正是冷雨秋槐，鬓丝憔悴。又领略、愁中送客滋味。密约重逢知甚日，看取青衫和泪③。梦天涯、绕遍尽由人，只尊前迢递。

鹊桥仙　七夕

乞巧①楼空，影娥池②冷，佳节只供愁叹。丁宁休曝旧罗衣③，
忆素手、为予缝绽④。

莲粉飘红，菱丝⑤翳碧，仰见明星空烂。亲持钿合⑥梦中来，
信天上、人间非幻。

【注解】

①乞巧：民间习俗，妇女于七夕之时搭起彩楼，摆上瓜果，向月穿针，乞求
织女星赐予智巧。

②影娥池：池名，汉武帝开凿影娥池以赏月。

③丁宁休曝旧罗衣：旧时七月初七有曝衣之俗。《初学记》引崔寔《四民月
令》："七月七日曝经书及衣裳，不蠹。"

④缝绽：缝合衣服。

⑤菱丝：菱蔓。菱蔓甚长，荡漾水中如丝。

⑥钿合：放金饰之盒。古代女子以此为定情之物。

御带花　重九夜

晚秋却胜春天好，情在冷香①深处。朱楼六扇小屏山②，寂寞几分尘土。虬尾③烟销，人梦觉、碎虫零杵④。便强说欢娱，总是无憀心绪。

转忆当年，消受尽皓腕红萸⑤，嫣然一顾。如今何事，向禅榻⑥茶烟，怕歌愁舞。玉粟⑦寒生，且领略、月明清露。叹此际凄凉，何必更满城风雨。

【注解】

①冷香：菊、梅等开于秋冬季节之花，皆可称冷香。
②屏山：屏风。温庭筠《南歌子》："扑蕊添黄子，呵花满翠鬟，鸳枕映屏山。"
③虬尾：像龙尾一样的盘香。
④碎虫零杵：稀疏的秋虫鸣叫声和捣衣声。
⑤红萸：茱萸。
⑥禅榻：即禅床。杜牧《题禅院》"今日鬓丝禅榻畔，茶烟轻飏落花风。"
⑦玉粟：皮肤因受冷而泛起的粟米状颗粒，俗称鸡皮疙瘩。

疏影　芭蕉

湘帘卷处。甚离披①翠影，绕檐遮住。小立吹裙，曾伴春慵②，掩映绣床金缕。芳心③一束浑难展，清泪裹、隔年愁聚。更夜深、细听空阶雨滴④，梦回无据⑤。

正是秋来寂寞，偏声声点点，助人离绪。缬被⑥初寒，宿酒⑦全醒，搅碎乱蛩双杵⑧。西风落尽庭梧叶，还剩得、绿阴如许。想玉人⑨、和露折来，曾写断肠诗句。

【注解】

①离披：舒展摇荡的样子。

②春慵：因春天的到来而生慵懒情绪。

③芳心：春心，多指女子的情怀。

④细听空阶雨滴：柳永《尾犯》："夜雨滴空阶，孤馆梦回，情绪萧索。"空阶，空寂的台阶。

⑤无据：无所依靠。

⑥缬被：染有花纹的丝被。

⑦宿酒：宿醉。白居易《早春即事》："眼重朝眠足，头轻宿酒醒。"

⑧乱蛩双杵：指杂乱的蟋蟀声与交叠的捣衣声。杜甫《夜》："新月犹悬双杵鸣。"

⑨玉人：美丽的女子。这里是对所爱之人的爱称。

添字采桑子

闲愁似与斜阳约，红点①苍苔。蛱蝶飞回。又是梧桐新绿影②，上阶来。

天涯望处音尘断，花谢花开。懊恼离怀。空压③钿筐④金缕绣，合欢鞋⑤。

【注解】

①红点：指下句之蛱蝶飞来落在了苍苔之上。

②又是梧桐新绿影：欧阳修《摸鱼儿》："梧桐秋院落，一霎雨添新绿。"

③空压：闲置。

④钿筐：镶嵌有螺壳花纹的筐。

⑤合欢鞋：绣有合欢图案的鞋子。

望江南　宿双林禅院①有感

挑灯坐，坐久忆年时②。薄雾笼花娇欲泣，夜深微月下杨枝。催道太眠迟。

憔悴去，此恨有谁知。天上人间俱怅望，经声佛火③两凄迷。未梦已先疑。

【注解】

①双林禅院：位于北京阜成门外二里沟，现在的紫竹公园一带。建于明万历四年，于清朝末年被毁。
②忆年时：回忆起去年此时来。
③佛火：寺庙里的香火。

木兰花慢　立秋夜雨，送梁汾南行

盼银河迢递，惊入夜、转清商①。乍西园蝴蝶，轻翻麝粉，暗惹蜂黄。炎凉②。等闲瞥眼③，甚丝丝、点点搅柔肠。应是登临④送客，别离滋味重尝。

疑将。水墨画疏窗。孤影淡潇湘⑤。倩一叶高梧，半条残烛，做尽商量。荷裳⑥。被风暗翦，问今宵、谁与盖鸳鸯。从此羁愁万叠，梦回分付啼螀⑦。

【注解】

①清商：古代五音之一，即商音，其调悲凉凄切。此处借指入夜后的秋雨之声。
②炎凉：指气候，兼指世态。
③瞥眼：一转眼。
④登临：登山临水。《楚辞·九辩》："憭栗兮，若在远行。登山临水兮，送将归。"

⑤水墨画疏窗。孤影淡潇湘：窗上雨痕像用水墨画成的潇湘景。

⑥荷裳：荷叶。

⑦从此羁愁万叠，梦回分付啼螀：啼螀，寒蝉。你将上路远行，从此以后旅途劳顿，我因与你分离而忧伤，当梦醒的时候，唯有悲切的寒蝉叫声相伴了。

卷　　四

百字令　废园有感

片红飞减，甚东风不语、只催飘泊。石上胭脂①花上露，谁与画眉商略②。碧甃③瓶沉，紫钱钗掩④，雀踏金铃索⑤。韶华如梦，为寻好梦担阁。

又是金粉空梁，定巢燕子，一口香泥落⑥。欲写华笺凭寄与，多少心情难托。梅豆⑦圆时，柳绵飘处，失记当初约。斜阳冉冉，断魂分付残角。

【注解】

①胭脂：比喻落花。

②谁与画眉商略：画眉鸟不停地啼叫。商略，商讨。此处指画眉鸟啼鸣婉转，仿佛人在商讨一般。

③碧甃：碧绿色的井壁。

④紫钱钗掩：旧人遗钗已被紫苔淹没。李贺《过华清宫》："云生珠络暗，石断紫钱斜。"紫钱，青紫色的苔藓。

⑤金铃索：护花铃之绳索。

⑥又是金粉空梁，定巢燕子，一口香泥落：春天到了，原来华美的屋梁上，小燕子又飞回来衔泥筑巢了。薛道衡《昔昔盐》："空梁落燕泥。"

⑦梅豆：梅子。欧阳修《渔家傲》："叶间梅子青如豆。"

又　宿汉儿村①

无情野火，趁西风烧遍、天涯芳草。榆塞②重来冰雪里，冷入鬓丝吹老。牧马长嘶，征笳乱动③，并入愁怀抱。定知今夕，庾郎④瘦损多少。

便是脑满肠肥，尚难消受，此荒烟落照。何况文园憔悴⑤后，非复酒垆风调。回乐峰⑥寒，受降城远，梦向家山绕。茫茫百感，

145

凭高惟有清啸。

【注解】

①汉儿村：今河北省迁文县境内，又作汉儿庄、汉儿城。靠近遵化孝陵（清
　顺治帝的陵墓）。纳兰性德曾随康熙帝多次经过此地。
②榆塞：泛指边塞。古代北方边塞植榆，故称边塞为榆塞。《汉书·韩安国
　传》："累石为城，树榆为塞。"骆宾王《送郑少府入辽》："边烽警榆塞，
　侠客度桑乾。"
③牧马长嘶，征笳乱动：李陵《答苏武书》："胡笳互动，牧马悲鸣。"
④庾郎：庾信。
⑤文园憔悴：以司马相如自喻。
⑥回乐峰：实为回乐烽，唐地名，在今宁夏灵武境内。受降城，分为三段，
　唐代为御突厥而筑，在今内蒙古黄河沿岸。此处泛指边塞。

又

　　绿杨飞絮，叹沉沉①院落，春归何许②。尽日缁尘吹绮陌③，
迷却梦游归路。世事悠悠，生涯未是，醉眼斜阳暮。伤心怕问，
断魂何处金鼓④。

　　夜来月色如银，和衣独拥，花影疏窗度。脉脉此情谁识得，
又道故人别去。细数落花⑤，更阑未睡，别是闲情绪。闻余长叹，
西廊惟有鹦鹉。

【注解】

①沉沉：幽深的样子。
②何许：何处。
③绮陌：京城绮丽的街道。
④金鼓：打仗时用于指挥进退的军鼓和铜锣。
⑤细数落花：王安石《北山》："细数落花因坐久。"

又

人生能几^①，总不如休惹、情条恨叶。刚是尊前同一笑^②，又到别离时节。灯炧挑残，炉烟爇尽，无语空凝咽^③。一天凉露，芳魂此夜偷接^④。

怕见人去楼空，柳枝无恙，犹埽窗间月。无分^⑤暗香深处住，悔把兰襟亲结。尚暖檀痕，犹寒翠影，触绪添悲切。愁多成病，此愁知向谁说。

【注解】

①人生能几：韦庄《菩萨蛮》："遇酒且呵呵，人生能几何。"
②刚是尊前同一笑：王彦泓《续游十二首》："又到尊前一笑同。"
③无语空凝咽：柳永《雨霖铃》："执手相看泪眼，竟无语凝噎。"
④偷接：偷偷地会合。
⑤无分：没有缘分。

沁园春　代悼亡

梦冷蘅芜^①，却望姗姗^②，是耶非耶。怅兰膏渍粉^③，尚留犀合^④；金泥^⑤蹙绣，空掩蝉纱^⑥。影弱难持，缘深暂隔，只当离愁滞海涯。归来也，趁星前月底，魂在梨花。

鸾胶^⑦纵续琵琶。问可及、当年萼绿华^⑧。但无端摧折，恶经风浪；不如零落，判委尘沙。最忆相看，娇讹道字^⑨，手翦银灯自泼茶。令已矣，便帐中重见，那似伊家^⑩。

【注解】

①梦冷蘅芜：王嘉《拾遗记》："汉武帝思怀往者李夫人，息于延凉室，卧梦李夫人授帝蘅芜之香。帝惊起，而香气犹著衣枕，历月不歇。"

②姗姗：形容女子走路缓慢从容的样子。

③兰膏渍粉：兰膏，润发油。渍粉，残存的香粉。

④犀合：犀牛角制成的首饰盒。

⑤金泥：用以饰物的金粉。

⑥蝉纱：薄如蝉翼之纱。

⑦鸾胶：比喻续娶。

⑧萼绿华：仙女名，自称为得道女子。这里代指亡妻。

⑨娇讹道字：女子读字不准而撒娇。苏轼《浣溪沙》："道字娇讹苦未成，未应春阁梦多情。"

⑩伊家：那人，这里指亡人。

又

试望阴山，黯然销魂，无言徘徊。见青峰几簇，去天才尺①；黄沙一片，匝地②无埃。碎叶城荒，拂云堆远③，雕外寒烟惨不开。踟蹰久，忽冰崖转石，万壑惊雷。

穷边自足秋怀④。又何必、平生多恨哉。只凄凉绝塞，蛾眉遗冢⑤；销沉腐草，骏骨空台⑥。北转河流，南横斗柄，略点微霜鬓早衰。君不信，向西风回首，百事堪哀。

【注解】

①去天才尺：李白《蜀道难》："连峰去天不盈尺。"

②匝地：遍地。

③碎叶城荒，拂云堆远：皆唐时西北边防重镇。这里泛指边远之地，非实指。

④秋怀：愁怀。

⑤蛾眉遗冢：古代和亲女子之墓。这里用汉代王昭君出塞之典。

⑥骏骨空台：骏骨，骏马。空台，指燕昭王修筑的黄金台。梅尧臣《伤马》："空伤骏骨埋，固乏弊帷葬。"

又

丁巳①重阳前三日，梦亡妇淡妆素服，执手哽咽。语多不能复记，但临别有云："衔恨愿为天上月，年年犹得向郎圆。"妇素未工诗，不知何以得此也。觉后感赋。

瞬息浮生，薄命如斯，低徊怎忘。记绣榻闲时，并吹红雨；雕阑曲处，同倚斜阳。梦好难留，诗残莫续，赢得更深哭一场。遗容在，只灵飙②一转，未许端详。

重寻碧落③茫茫。料短发、朝来定有霜。便人间天上，尘缘未断；春花秋叶，触绪还伤。欲结绸缪④，翻惊摇落⑤，减尽荀衣昨日香。真无奈，把声声檐雨，谱出回肠⑥。

【注解】

①丁巳：康熙十六年。
②灵飙：神风。指梦中爱妻飘飞的身影。
③碧落：天。白居易《长恨歌》："上穷碧落下黄泉，两处茫茫皆不见。"
④绸缪：指夫妻之恩爱。
⑤摇落：草木凋落，指亡逝。
⑥回肠：形容内心悲痛，仿佛肠在旋转一样。徐陵《在北齐与杨仆射书》："朝千悲而掩泣，夜万绪而回肠，不自知其为生，不自知其为死也。"

东风齐着力

电急流光①，天生薄命，有泪如潮。勉为欢谑，到底总无聊。欲谱频年离恨，言已尽、恨未曾消。凭谁把、一天愁绪，按②出琼箫③。

往事水迢迢。窗前月、几番空照魂销。旧欢新梦，雁齿④小

149

红桥。最是烧灯⑤时候，宜春髻⑥、酒暖蒲萄。凄凉煞、五枝青玉⑦，风雨飘飘。

【注解】

①电急流光：光阴如闪电。蒋捷《一剪梅·舟过吴江》："流光容易把人抛。红了樱桃，绿了芭蕉。"

②按：演奏箫笛类乐器。

③琼箫：箫的美称。

④雁齿：比喻排列整齐之物，后多用于比喻桥的台阶。白居易《题小桥前新竹招客》："雁齿小红桥，垂檐低白屋。"

⑤烧灯：点灯。

⑥宜春髻：旧时妇女春日的发式。《牡丹亭·惊梦》："你侧着宜春髻子恰凭阑。"

⑦五枝青玉：指所燃之灯。李颀《王母歌》："为看青玉五枝灯，蟠螭吐火光欲绝。"

摸鱼儿　送座主德清蔡先生①

问人生、头白京国，算来何事消得。不如罨画②清溪上，蓑笠扁舟一只。人不识。且笑煮、鲈鱼趁着莼丝碧③。无端酸鼻。向岐路消魂，征轮驿骑④，断雁西风急。

英雄辈。事业东西南北⑤。临风因甚成泣。酬知有愿频挥手，零雨⑥凄其此日。休太息。须信道、诸公衮衮皆虚掷。年来踪迹。有多少雄心，几番恶梦，泪点霜华⑦织。

【注解】

①蔡先生：蔡启僔，字石公，号崑旸，浙江德清人。康熙九年状元，曾任右春坊、右赞善、翰林院检讨。

②罨画：罨画溪，习称西溪，在浙江长兴县。

③鲈鱼趁着莼丝碧：《世说新语·识鉴》："张季鹰辟齐王东曹掾，在洛见

秋风起，因思吴中菰菜莼羹、鲈鱼脍，曰：人生贵得适意耳，何能羁宦数
千里以邀名爵。遂命驾便归。"
④征轮驿骑：指行人所乘的车马。
⑤事业东西南北：不做官亦可成事业。
⑥零雨：细雨。
⑦霜华：指白发。

〖延展链接〗

康熙十二年秋天，纳兰性德的座师蔡启僔先生蒙受不白之冤，被迫回归
故里，性德作为弟子除了填此词以示同情和宽慰之外，也无其他可以奈何的了。

又　　午日①雨眺

涨痕②添、半篙柔绿③，蒲梢荇叶无数。空濛台榭烟丝暗，
白鸟衔鱼欲舞。红桥路，正一派、画船箫鼓中流住。呕哑柔橹④。
又早拂新荷，沿堤忽转，冲破翠钱雨⑤。

蒹葭渚。不减潇湘深处。霏霏漠漠如雾⑥。滴成一片鲛人泪⑦，
也似汨罗投⑧赋。愁难谱。只彩线、香菰⑨脉脉成千古。伤心莫语。
记那日旗亭⑩，水嬉⑪散尽，中酒阻风去⑫。

【注解】

①午日：五月初五，端午节。
②涨痕：涨水后留下的痕迹。
③柔绿：嫩绿色。
④呕哑柔橹：柔和的橹声。呕哑，象声词。杜牧《阿房宫赋》："管弦呕哑，
多于市人之言语。"
⑤翠钱雨：打在新生荷叶上的雨水。
⑥霏霏漠漠如雾：吴融《春雨》："霏霏漠漠暗合春，幂翠凝红色更新。"
⑦鲛人泪：神话传说中的人鱼所流的眼泪。这里指雨滴如珍珠。
⑧投：投赠，此谓贾谊作赋祭莫屈原。

⑨菇：即菱白。果实为菇米，亦称雕胡米，可食。
⑩旗亭：酒肆。
⑪水嬉：在水上嬉戏，歌舞、竞渡之类。
⑫中酒阻风去：顾贞观《风流子》："阻风中酒，浪迹难招。"中酒，醉酒。
阻风，迎风。

相见欢

微云一抹①遥峰，冷溶溶。恰与个人清晓，画眉同②。

红蜡泪，青绫③被。水沉浓。却向黄茅野店④，听西风。

【注解】

①微云一抹：一抹微云。
②恰与个人清晓，画眉同：那远山恰似清晨那人（指闺中人）所画出的眉毛。
③青绫：青色丝织品，多为贵族所用。
④黄茅野店：指边远之地。

锦堂春　秋海棠

帘际①一痕轻绿，墙阴几簇低花。夜来微雨西风软，无力任
欹斜②。

仿佛个人睡起③，晕红④不着铅华。天寒翠袖添凄楚，愁近
欲栖鸦⑤。

【注解】

①帘际：帘边，即帘幕之外。
②欹斜：歪斜。
③仿佛个人睡起：此处引用唐明皇与杨贵妃之间的故事。《太真外传》曰："上
皇登沉香亭，召太真妃，于时卯醉未醒，命力士使侍儿扶掖而至。妃子醉

韵残妆，鬓乱钗横，不能再拜。上皇笑曰：岂妃子醉？是海棠睡未足耳。"

④晕红：中心浓而四周渐淡的一团红色。这里形容花朵的颜色仿佛是美丽的
少女刚刚睡醒，脸上泛起的红色。

⑤欲栖鸦：乌鸦欲栖息之时，即指黄昏。

忆秦娥　龙潭口①

山重叠。悬崖一线天疑裂②。天疑裂。断碑题字，古苔横啮③。
风声雷动鸣金铁④。阴森潭底蛟龙窟。蛟龙窟。兴亡满眼，
旧时明月⑤。

【注解】

①龙潭口：在辽宁铁岭，明末为北部边防重地。
②天疑裂：好像天幕要裂开了。
③古苔横啮：断碑上长满了苍苔，那苍苔好像在啮咬着碑文。
④鸣金铁：形容风雷声如同金属撞击发出的声音。
⑤兴亡满眼，旧时明月：明月仍似旧时，人间却已经兴亡更换数次。

又

春深浅①，一痕摇漾青如翦。青如翦。鹭鸶立处，烟芜平远。
吹开吹谢东风倦。缃桃②自惜红颜变。红颜变。兔葵燕麦③，
重来相见。

【注解】

①春深浅：春已深。
②缃桃：即缃核桃，果实呈浅红色。陈允平《恋绣衾》："缃桃红浅柳褪黄。"
③兔葵燕麦：形容荒凉景象。刘禹锡《再游玄都观绝句并引》："重游玄都，
荡然无复一树，惟兔葵、燕麦动摇于春风耳。"

153

◇纳兰词全集　卷四

减字木兰花

烛花摇影，冷透疏衾①刚欲醒。待不思量。不许孤眠不断肠。

茫茫碧落。天上人间情一诺②。银汉③难通。稳耐风波愿始从④。

【注解】

①冷透疏衾：掩被孤眠而感到空疏冷寂。

②一诺：指说话极守信用。

③银汉：银河。王昌龄《萧驸马宅花烛》："银汉星回一道通。"

④稳耐风波愿始从：甘愿忍受人生的患难，一切从头开始。稳，忍受。

又

相逢不语。一朵芙蓉著秋雨。小晕红潮①。斜溜②鬟心只凤翘。

待将低唤。直为凝情恐人见。欲诉幽怀。转过回阑③叩玉钗。

【注解】

①小晕红潮：脸上微微泛起红晕。

②溜：滑动之意。邵雍《插花吟》："酒涵花影红光溜，争忍花前不醉归？"

③回阑：曲折的栏杆。

又

从教①铁石②，每见花开成惜惜③。泪点难消，滴损苍烟玉一条④。

怜伊太冷。添个纸窗疏竹影。记取相思。环佩归来月上时⑤。

【注解】

①从教：任凭，纵使。

②铁石：铁石心肠。《西厢记》："你便是铁石人，铁石人也动情。"

③惜惜：怜惜。

④滴损苍烟玉一条：那像是泪水滴洒在玉条上的湘妃竹，远远望去若苍烟一片。

⑤环佩归来月上时：姜夔《疏影》："想佩环月夜归来，化作此花幽独。"

又

断魂①无据。万水千山何处去？没个音书。尽日东风上绿除②。

故园春好。寄语落花须自扫。莫更伤春。同是恹恹多病人。

【注解】

①断魂：忧伤的梦魂。

②绿除：长满绿草的庭院台阶。除，台阶。

又　新月

晚妆①欲罢。更把纤眉临镜画。准待分明。和雨和烟两不胜②。

莫教星替。守取③团圆终必遂。此夜红楼④。天上人间⑤一样愁。

【注解】

①妆：梳妆。

②和雨和烟两不胜：新月为烟雨所遮掩，新月、烟雨均不甚分明。

③守取：等待。

④红楼：天上仙人的居所，指亡妻所在的地方。

⑤天上人间：天上，比喻亡妻卢氏。人间，性德自指。

海棠春

落红①片片浑如雾，不教更觅桃源路②。香径③晚风寒，月在花飞处。

蔷薇影暗空凝伫。任碧飔④、轻衫萦住。惊起早栖鸦，飞过秋千去。

【注解】

①落红：即落花。
②桃源路：指通往理想的境界。桃源，即桃花源，后代指理想的境界。
③香径：花间小路或遍地落花的小路。
④碧飔：花枝随风摇动。飔，风吹物使动。柳宗元《登柳州城楼寄漳汀封连四州刺史》："惊风乱飔芙蓉水，密雨斜侵薜荔墙。"

少年游

算来好景只如斯，惟许有情知。寻常风月，等闲谈笑，称意即相宜。

十年青鸟①音尘断，往事不胜思。一钩残照，半帘飞絮，总是恼人时。

【注解】

①青鸟：传说中西王母的神鸟，后常指传递书信的使者。这里代指书信。

大酺 寄梁汾

只一炉烟，一窗月，断送朱颜如许。韶光①犹在眼，怪无端吹上，几分尘土。手撚残枝，沉吟往事，浑似前生无据②。鳞鸿③凭谁寄，想天涯只影，凄风苦雨。便研④损吴绫，啼沾蜀纸⑤，有谁同赋。

当时不是错，好花月、合受天公妒⑥。准拟倩、春归燕子，说与从头，争教他、会人言语。万一离魂遇，偏梦被、冷香萦住。刚听得、城头鼓。相思何益，待把来生祝取。慧业⑦相同一处。

【注解】

①韶光：美丽的春光。
②手撚残枝，沉吟往事，浑似前生无据：手拿着凋落的花枝，想起往日交游之事，禁受这仿佛是前生注定的别离之苦。
③鳞鸿：指书信。
④研：碾磨物体使之结实发亮。韩偓《信笔》诗："绣叠昏金色，罗揉损研光。"
⑤蜀纸：蜀笺。自唐以后，蜀纸以精美著称。
⑥当时不是错，好花月、合受天公妒：指性德好友顾贞观康熙十年受人排挤失去官位一事。性德认为顾贞观失去官位并不是因为自身有错，而是因为才高遭人妒忌罢了。
⑦慧业：佛教用语，指生来赋有智慧的业缘。《维摩诘经》上《菩萨品》四："知一切法，不取不舍，入一相门，起于慧业。"此处指性德希望自己和顾贞观之间的友谊能够在来生继续下去。

满庭芳 题元人《芦洲聚雁图》

似有猿啼，更无渔唱，依稀落尽丹枫。湿云①影里，点点宿宾鸿②。占断沙洲寂寞③，寒潮上、一抹烟笼。全不似，半江瑟瑟，相映半江红④。

楚天秋欲尽，荻花吹处，竟日冥濛。近黄陵祠庙⑤，莫采芙蓉。我欲行吟去也，应难问、骚客遗踪⑥。湘灵⑦杳，一尊遥酹，还欲认青峰。

【注解】

①湿云：指水面上湿度很大的云气。

②宾鸿：雁。《礼记·月令》："鸿雁来宾。"

③占断沙洲寂寞：苏轼《卜算子》："拣尽寒枝不肯栖，寂寞沙洲冷。"占断，占尽。

④半江瑟瑟，相映半江红：白居易《暮江吟》："一道残阳铺水中，半江瑟瑟半江红。"

⑤黄陵祠庙：即黄陵庙，传说为舜的二妃娥皇、女英的庙，亦称二妃庙，在湖南湘阴县。《水经注·湘水》："湘水西流，经二妃庙南，世谓之黄陵庙。"

⑥我欲行吟去也，应难问、骚客遗踪：指屈原的故事。《楚辞·渔父》："屈原既放，游于江潭，行吟泽畔。"骚客，诗人。

⑦湘灵：湘水之神。

又

堠①雪翻鸦，河冰跃马，惊风吹度龙堆。阴磷夜泣②，此景总堪悲。待向中宵起舞③，无人处、那有村鸡。只应是，金笳暗拍，一样泪沾衣。

须知今古事，棋枰胜负，翻覆如斯。叹纷纷蛮触④，回首成非。剩得几行青史，斜阳下、断碣残碑。年华共，混同江⑤水，流去几时回。

【注解】

①堠：古代瞭望敌情的土堡。《三国志·吴书·孙韶传》："常以警疆埸远

斥堠为务。"或谓标记里程的土堆。苏轼《荔枝叹》："十里一置飞尘灰，
五里一堠兵火催。"

②阴磷夜泣：谓鬼哭。阴磷，燐火，俗称鬼火。

③起舞：《晋书·祖逖传》："中夜闻荒鸡鸣，蹴琨觉，曰：'此非恶声也。'
因起舞。"

④蛮触：庄子寓言中的小国。《庄子·则阳》："有国于蜗之左角者，曰触氏；
有国于蜗之右角者，曰蛮氏。时相与争地而战，伏尸数万。"

⑤混同江：指松花江。

忆王孙

　　暗怜双绁①郁金香。欲梦天涯思转长。几夜东风昨夜霜。减
容光②。莫为繁花又断肠。

【注解】

①双绁：指郁金香成双成对。

②减容光：晏殊《浣溪沙》："为谁消瘦减容光。"

又

　　西风一夜翦①芭蕉，倦眼经秋耐寂寥？强把心情付浊醪②。
读《离骚》。愁似湘江液潮。

【注解】

①翦：斩断，剪断，使凋败之意。《诗经·召南·甘棠》："蔽芾甘棠，勿
翦勿伐。"

②浊醪：浊酒。

又

刺桐①花底是儿②家。已拆秋千③未采茶。睡起重寻好梦赊④。忆交加⑤。倚著闲窗数落花。

【注解】

①刺桐：植物名。豆科。落叶乔木。树皮灰色，有皮刺。叶互生，小叶 3 片，叶柄长。总状花序，花大，蝶形，深红色。荚果厚，念珠状，种子棕红色。原产热带亚洲，中国南方种植。

②儿：古代青年女子的自称。

③已拆秋千：古习俗，于清明节后拆秋千。点明已是暮春时节。

④赊：渺茫，遥远。

⑤交加：男女相偎，亲密无间。韦庄《春秋》："睡怯交加梦，闲倾潋滟觞。"

卜算子 塞梦

塞草晚才青，日落箫笳①动。慽慽②凄凄入夜分，催度星前梦。

小语绿杨烟，怯踏银河③冻。行尽关山到白狼④，相见惟珍重。

【注解】

①箫笳：管乐器名。卢纶《送张郎中还蜀歌》："须臾醉起箫笳发，空见红旌入白云。"

②慽慽：悲伤。

③银河：冰河。

④白狼：白狼河，今辽宁省大凌河。此处泛指塞外。

又　五日

村静午鸡啼，绿暗新阴覆。一展轻帘^①出画墙，道是端阳酒^②。

早晚夕阳蝉，又噪长堤柳。青鬓长青自古谁^③，弹指^④黄花九^⑤。

【注解】

①帘：酒家的幌子。

②端阳酒：旧时有端阳节饮酒避邪的习俗，所饮之酒多为雄黄酒。

③青鬓长青自古谁：韩琮《春愁》："金乌长飞玉兔走，青鬓长青古无有。"青，指黑色。

④弹指：弹指间，指时间短，时间过得快。

⑤黄花九：九月初九重阳节，又称黄花节。

又　咏柳

娇软不胜垂，瘦怯那禁^①舞。多事年年二月风，翦出鹅黄^②缕。

一种可怜生^③，落日和烟雨。苏小门前长短条，即渐迷行处。

【注解】

①那禁：怎禁受得住。

②鹅黄：新柳嫩黄的颜色。赵令畤《清平乐》："著意隋堤柳，搓得鹅儿黄欲就。"

③可怜生：可怜。生，无实义。

金人捧露盘　净业寺^①观莲，有怀荪友^②

藕风轻，莲露冷，断虹收。正红窗、初上帘钩。田田^③翠盖，趁斜阳、鱼浪香浮。此时画阁垂杨岸，睡起梳头。

旧游踪，招提④路，重到处，满离忧。想芙蓉湖上悠悠⑤。红衣⑥狼藉，卧看桃叶送兰舟⑦。午风吹断江南梦，梦里菱讴⑧。

【注解】

①净业寺：《啸亭杂录》："成亲王府在净业湖北岸，系明珠宅。"大约在净业湖边，其旧址大约在今北京什刹海后海宋庆龄故居附近。

②荪友：指严绳孙。

③田田：荷叶饱满挺秀的样子。《汉乐府·相和歌辞·江南》："江南可采莲，莲叶何田田。"

④招提：寺院，这里指净业寺。

⑤想芙蓉湖上悠悠：此句意思为遥想严绳孙在家乡寄情山水的悠闲生活。

⑥红衣：荷花。

⑦兰舟：船的美称。

⑧菱讴：即菱歌，采菱人所唱的歌。

青玉案　人日①

东风七日蚕芽②软。青一缕、休教蒨。梦隔湘烟征雁远③。那堪又是，鬓丝吹绿，小胜宜春④颤。

绣屏浑不遮愁断。忽忽年华空冷暖。玉骨⑤几随花骨换。三春醉里，三秋别后，寂寞钗头燕⑥。

【注解】

①人日：农历正月初七。《太平御览》卷九七六引宗懔《荆楚岁时记》："正月七日谓为人日，采七种菜以为羹。"

②蚕芽：桑叶的嫩芽。

③梦隔湘烟征雁远：湖南衡阳有回雁峰，相传北雁飞至此而止，次年春自此北回。王勃《滕王阁序》："雁阵惊寒，声断衡阳之浦。"

④小胜宜春：即宜春胜，妇女的一种头饰。

⑤玉骨：形容女子清瘦秀丽的身架。李商隐《偶成转韵七十二句赠四同舍》：
　　"玉骨瘦来无一把。"
⑥燕：即燕钗。

又　宿乌龙江①

　　东风卷地飘榆荚②。才过了、连天雪。料得香闺香正彻。那知此夜，乌龙江畔，独对初三月。

　　多情不是偏多别。别离只为多情设。蝶梦百花花梦蝶。几时相见，西窗翦烛③，细把而今说。

【注解】

①乌龙江：松花江。
②榆荚：榆树的果实。
③西窗翦烛：李商隐《夜雨寄北》："何当共剪西窗烛，却话巴山夜雨时。"
　　此指与所思的闺中人聚谈。

月上海棠　中元①塞外

　　原头野火烧残碣②。叹英魂、才魄暗销歇。终古江山，问东风、几番凉热。惊心事，又到中元时节。

　　凄凉况是愁中别。枉沉吟、千里共明月③。露冷鸳鸯，最难忘、满池荷叶。青鸾杳④，碧天云海音绝。

【注解】

①中元：农历七月十五为中元节。
②原头野火烧残碣：刘克庄《长相思》："野火原头烧断碑，不知名姓谁。"

残碣,残碑、断碑。

③千里共明月:谢庄《月赋》:"美人迈兮音尘绝,隔千里兮共明月。"

④青鸾杳:比喻音信阻隔。青鸾,即青鸟,神话中西王母身边传递消息的鸾鸟,后以之代指传递爱情信息的书信、信使等。

雨霖铃　种柳

横塘①如练。日迟②帘幕,烟丝斜卷。却从何处移得,章台③仿佛,乍舒娇眼④。恰带一痕残照,锁黄昏庭院。断肠处、又惹相思,碧雾蒙蒙度双燕。

回阑恰就轻阴转。背风花⑤、不解春深浅。托根幸自天上⑥,曾试把、霓裳舞遍。百尺垂垂,早是酒醒,莺语如翦。只休隔、梦里红楼,望个人儿见。

【注解】

①横塘:常见地名,泛指水塘。

②日迟:因百无聊赖而感觉白天特别漫长。

③章台:战国时秦渭南离宫的台名。《史记·秦始皇本纪》:"诸庙及章台、上林皆在渭南。"也指汉长安街名。《汉书·张敞传》:"时罢朝会,过走马章台街。"另外,旧时妓院等地也称章台。周邦彦《瑞龙吟》:"章台路,还见褪粉梅梢,试花桃树。"

④娇眼:苏轼《水龙吟》:"萦损柔肠,困酣娇眼,欲开还闭。"

⑤风花:起风前出现的烟雾。

⑥托根幸自天上:二十八宿中有柳宿,诗人咏柳,往往与天上柳宿相联系。性德《咏柳偕梁汾赋》诗云:"弱絮残莺一半休,万条千缕不胜愁。只应天上张星伴,莫向青门系紫骝。"用法同此词。

满江红　茅屋新成却赋①

　　问我何心，却构此、三楹茅屋。可学得、海鸥无事②，闲飞闲宿。百感都随流水去，一身还被浮名束。误东风、迟日③杏花天，红牙曲④。

　　尘土梦，蕉中鹿⑤。翻覆手，看棋局⑥。且耽闲殢酒⑦，消他薄福。雪后谁遮檐角翠，雨余好种墙阴绿。有些些⑧、欲说向寒宵，西窗烛。

【注解】

①却赋：再赋。却，再。
②海鸥无事：古人用与海鸥为伴表示闲适或隐居生活。
③迟日：春日。
④红牙曲：拍击着红牙板歌唱。红牙，染成红色的象牙板。辛弃疾《满江红》：
　　"佳丽地，文章伯。金缕唱，红牙拍。"
⑤蕉中鹿：据《列子·周穆王》载，郑国人击毙一鹿，怕人看见，用蕉叶遮盖，不久便忘了所藏之地，以为自己不过是做了一场梦。沿途说其事，旁人闻之，根据他所说的而得鹿，回家告诉他的妻子：郑人梦得鹿而不知所藏之处，我得到了，看来他的梦是真的。
⑥翻覆手，看棋局：此句谓世事反复，是非莫辨。
⑦殢酒：纵酒。辛弃疾《最高楼》："藕花雨湿前湖夜，桂枝风淡小山时，怎消除？须殢酒，更吟诗。"
⑧些些：少量。

又

　　代北燕南①，应不隔、月明千里。谁相念、胭脂山②下，悲哉秋气③。小立乍惊清露湿，孤眠最惜浓香腻。况夜乌、啼绝四更头，边声④起。

销不尽，悲歌意。匀不尽，相思泪。想故园今夜，玉阑谁
倚。青海不来如意梦，红笺暂写违心字。道别来、浑是不关心，
东堂桂⑤。

【注解】

①代北燕南：泛指山西、河北一带。代北，原指汉、晋时之代郡，唐以后改
　称代州。燕南，泛指黄河以北之地。

②胭脂山：即燕支山，焉支山。在甘肃省永昌县西、山丹县东南。绵延祁连
　山和龙首山间。山丹河与石羊河分水岭。因产大黄、松木，又称大黄山、
　青松山。山势险要，历代驻兵防守。汉大将霍去病曾越此山大破匈奴。此
　代指太行山。

③悲哉秋气：《楚辞·九辩》："悲哉！秋之为气也。"

④边声：指边境的羌管、胡笳、号角、人马等诸多声响。范仲淹《渔家傲》：
　"四面边声连角起，千嶂里，长烟落日孤城闭。"

⑤东堂桂：比喻科举及第。此指思家、思所爱之人的心情。

又

　　为问封姨①，何事却、排空卷地。又不是、江南春好，妒花
天气②。叶尽归鸦栖未得，带垂惊燕③飘还起。甚天公、不肯惜愁人，
添憔悴。

　　揽一霎，灯前睡。听半晌，心如醉。倩碧纱遮断，画屏深翠。
只影凄清残烛下，离魂飘缈秋空里。总随他、泊粉与飘香④，真
无谓。

【注解】

①封姨：传说中的风神。典出谷神子《博异志·崔玄微》。

②妒花天气：春天天气突然变坏是因为妒忌花的缘故。

③惊燕：梁绍壬《两般秋雨斋随笔》："凡画轴制裱既成，以纸二条附于上，

若垂带然，名曰惊燕。其纸条，古人不粘，因恐燕泥点污，故使因风飞动
以恐之也。"

④泊粉与飘香：落花与香味。

诉衷情

　　冷落绣衾①谁与伴，倚香篝②。春睡起，斜日照梳头。欲写③
两眉愁。休休④。远山残翠收⑤。莫登楼。

【注解】

①绣衾：绣花被。
②香篝：熏笼。
③写：描眉。
④休休：算了，不要。杨万里《得省榜见罗仲谋曾无逸策名得二绝句》："今
　晨天色休休问，卧看红光占屋梁。"
⑤远山残翠收：指远山的翠色消失了。收，消失、消散。

水调歌头　　题《西山①秋爽图》

　　空山梵呗②静，水月影俱沉。悠然一境人外，都不许尘侵。
岁晚忆曾游处，犹记半竿斜照，一抹界疏林。绝顶茅庵里，老
衲正孤吟。

　　云中锡③，溪头钓，涧边琴。此生着几两屐④，谁识卧游⑤心。
准拟乘风归去⑥，错向槐安⑦回首，何日得投簪⑧。布袜青鞋⑨约，
但向画图寻。

【注解】

①西山：在北京西郊。

②梵呗：指僧人们唱经声。

③锡：僧人的锡杖。

④此生着几两屐：隐居山中，四处云游，一生又能穿破几双鞋子呢？

⑤卧游：观赏山水画以代游览。

⑥乘风归去：指脱离宦海尘世。苏轼《水调歌头》："我欲乘风归去。"

⑦槐安：即槐安梦、南柯梦。据李公佐《南柯太守传》载，淳于棼家居广陵郡，喜欢饮酒。一日，在门南古槐树下喝醉，恍惚间被两个使臣邀至古槐穴内，见一城楼题大槐安国。其王招他为驸马，并任命他为南柯郡太守。他享尽荣华富贵。不料檀萝国进犯，他打了败仗，因而失宠被遣送回家。他一觉醒来发现原来是一梦。据梦境挖开古槐穴，原来是一大蚁穴。后多用槐安梦故事比喻人生如梦、富贵无常。陆游《秋晚》："幻境槐安梦，危机竹节滩。"

⑧投簪：古冠以簪固定，投簪，谓去冠，意指弃官。

⑨布袜青鞋：指平民百姓的装束。

又　题《岳阳楼①图》

落日与湖水，终古岳阳城。登临半是迁客②，历历数题名。欲问遗踪何处，但见微波木叶③，几簇打鱼罾。多少别离恨，哀雁下前汀。

忽宜雨，旋宜月，更宜晴。人间无数金碧④，未许着空明。淡墨生绡谱就，待俏横拖一笔，带出九疑⑤青。仿佛潇湘夜，鼓瑟旧精灵⑥。

【注解】

①岳阳楼：在湖南省岳阳市，始建于唐代，下临洞庭湖，为风景名胜，多有文人题咏。

②登临半是迁客：范仲淹《岳阳楼记》："北通巫峡，南极潇湘，迁客骚人，多会于此。"迁客，被贬谪放逐之人。

③木叶：《楚辞·九歌·湘夫人》："洞庭波兮木叶下。"

④金碧：金碧重彩画，此处指金碧山水画。

⑤九疑：九嶷山，在湖南。

⑥仿佛潇湘夜，鼓瑟旧精灵：钱起《省试湘灵鼓瑟》："流水传潇浦，悲风过洞庭。曲终不见人，江上数峰青。"

天仙子　渌水亭①秋夜

水浴凉蟾②风入袂。鱼鳞③蹙损金波碎。好天良夜④酒盈尊，心自醉。愁难睡。西南月落城乌⑤起。

【注解】

①渌水亭：性德家中园亭的名字。

②水浴凉蟾：水中月影。蟾，代指月。晏几道《点绛唇》："暮云稀少，一点凉蟾小。"

③鱼鳞：白居易《早春西湖闲游》："小桥装雁齿，轻浪蹙鱼鳞。"

④好天良夜：柳永《女冠子》："好天良夜，无端蓦起，千愁万绪。"

⑤城乌：城楼上的乌鸦，此指天将亮。

又

梦里蘼芜青一翦①。玉郎②经岁音书远。暗钟明月不归来，梁上燕。轻罗扇③。好风又落桃花片。

【注解】

①梦里蘼芜青一翦：梦中所见到的是一片青青的齐整的蘼芜。蘼芜，一种香草。古诗词里"蘼芜"多与夫妻分离或闺怨有关。

②玉郎：古时女子对丈夫或情人的爱称。顾敻《遐方怨》："玉郎经岁负娉婷，教人争不恨无情。"

③轻罗扇：极薄的丝织品所制的扇子，为女子夏日所用。古诗词中常以此隐喻女子的孤寂。

又

好在^①软绡^②红泪积。漏痕^③斜胃菱丝碧。古钗封寄玉关^④秋，天咫尺。人南北。不信鸳鸯头不白。

【注解】

①好在：依旧。

②软绡：柔软轻薄的丝织品。杨慎《丽情集》："灼灼，锦城官妓也，善舞《柘枝》，能歌《水调》。御史裴质与之善，后裴召还，灼灼以软绡聚红泪为寄。"

③漏痕：屋漏痕，指草书运笔技法。

④玉关：玉门关，古诗词多泛指出征的关塞。李白《王昭君》："一上玉关道，天涯去不归。"

浪淘沙

紫玉^①拨寒灰。心字^②全非。疏帘犹是隔年^③垂。半卷夕阳红雨^④入，燕子来时。

回首碧云西。多少心期。短长亭外短长堤^⑤。百尺游丝千里梦，无限凄迷。

【注解】

①紫玉：紫玉钗。

②心字：心字香，古人将香做成心字形。

③隔年：去年。

④红雨：像雨一样的落花。

⑤短长亭外短长堤：谭宣子《江城子》："短长亭外短长桥。"短长亭，有惜别和思乡这两个意象。

又

野宿近荒城。砧杵①无声。月低霜重莫闲行②。过尽征鸿书未寄，梦又难凭③。

身世等浮萍。病为愁成。寒宵一片枕前冰。料得绮窗④孤睡觉，一倍关情。

【注解】

①砧杵：捣衣的工具。古诗词中以此代指闺中人为征人所制的御寒衣物。
②闲行：闲步。
③梦又难凭：毛文锡《更漏子》："人不见，梦难凭，红纱一点灯。"
④绮窗：雕刻有花纹图案的窗户。此处代指思妇。

又　望海

蜃阙①半模糊。踏浪惊呼。任将蠡测②笑江湖。沐日光华还浴月，我欲乘桴③。

钓得六鳌④无。竿拂珊瑚⑤。桑田清浅问麻姑⑥。水气浮天天接水，那是蓬壶⑦？

【注解】

①蜃阙：即海市蜃楼。许敬宗《奉和春日望海》："惊涛含蜃阙，骇浪掩晨光。"
②蠡测：以蠡测海。比喻以浅见揣度。
③乘桴：《论语·公冶长》："子曰：'道不行，乘桴浮于海。'"桴，小竹筏。
④六鳌：据《列子·汤问》记载，海上有五仙山，由十五只巨鳌支撑着，后来龙伯国的巨人钓去了六只。李中《送王道士游东海》："必若思三岛，应须钓六鳌。"
⑤竿拂珊瑚：其实那钓竿也只是轻拂珊瑚罢了。杜甫《送孔巢父谢病归游江

东，兼程李白》："巢父掉头不肯往，东将入海随烟雾。诗卷长留天地间，钓竿欲拂珊瑚树。"

⑥桑田清浅问麻姑：葛洪《神仙传》："麻姑自说：'接待以来，已见东海三为桑田，向到蓬莱，水又浅于往者会时略半也，岂将复还为陵陆乎！'方平笑曰：'圣人皆言，海中复扬尘也。'"麻姑，中国古代神话中的女仙。

⑦蓬壶：指蓬莱、方壶二山，传说中的海上仙山。

又

夜雨做成秋。恰上心头①。教他珍重护风流。端的②为谁添病也，更为谁羞。

密意未曾休。密愿难酬。珠帘四卷月当楼。暗忆欢期真似梦，梦也须留。

【注解】

①夜雨做成秋。恰上心头："秋"上"心"头为"愁"字。吴文英《唐多令·惜别》："何处合成愁，离人心上秋。"

②端的：究竟、到底之意。

又

红影湿幽窗。瘦尽①春光。雨余花外却斜阳②。谁见薄衫低髻子③，抱膝思量。

莫道不凄凉。早近持觞④。暗思何事断人肠。曾是向他春梦里，瞥遇回廊。

【注解】

①瘦尽：指人清瘦，比喻春天即将结束。

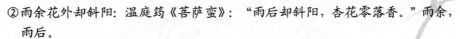

②雨余花外却斜阳：温庭筠《菩萨蛮》："雨后却斜阳，杏花零落香。"雨余，
雨后。

③低鬟子：低垂的发鬟，即指低垂着头。

④持觞：端着酒杯。

又

眉谱待全删①。别画秋山②。朝云③渐入有无间。莫笑生涯浑
似梦，好梦原难。

红咮啄花残④。独自凭阑。月斜风起袷衣⑤单。消受春风都
一例⑥，若个⑦偏寒？

【注解】

①眉谱、全删：眉谱，女子画眉的图样。全删，全不用。

②秋山：秋天的远山。古诗词中常以之比喻年轻女子的眉毛。

③朝云：指巫山神女。宋玉《高唐赋》，言楚襄王于云梦之台，梦见巫山神女，
女云："妾在巫山之阳，高丘之阻。旦为朝云，暮为行雨。朝朝暮暮，阳
台之下。"故立为庙，号曰朝云。

④红咮啄花残：温庭筠《咏山鸡》诗："红嘴啄花归。"咮，鸟喙。

⑤袷衣：夹衣。

⑥一例：一律，同样。

⑦若个：哪个。

又

闷自剔残灯。暗雨空庭。潇潇已是不堪听。那更西风偏着意，
做尽秋声。

城柝①已三更。欲睡还醒。薄寒中夜掩银屏②。曾染戒香③消

俗念，莫又多情。

【注解】

①城柝：城上的打更声。柝，俗称梆子，古代巡夜时敲击报更用的木梆。《左传·哀公七年》："鲁击柝闻于邾。"

②薄寒中夜掩银屏：半夜寒意袭人，遂将屏风掩紧。银屏，银饰之屏风。

③染戒香：司空图《为东都敬爱寺讲律僧惠确化募雕刻律疏》："熏戒香以消烦恼。"染，沾染。戒香，佛家戒律，另亦指所焚之香。

又

双燕又飞还。好景阑珊。东风那惜小眉弯①。芳草绿波吹不尽，只隔遥山。

花雨忆前番。粉泪②偷弹。倚楼谁与话春闲。数到今朝三月二③，梦见犹难。

【注解】

①小眉弯：指眉头紧皱。

②粉泪：女子的眼泪。

③三月二：旧时以三月三为上巳日，三月二为上巳前一日。上巳日有洗衣、饮酒、踏青之俗。

又

清镜上朝云。宿篆①犹熏。一春双袂尽啼痕。那更夜来山枕②侧，又梦归人。

花底病中身。懒约湔裙。待寻闲事度佳辰。绣榻重开添几线，旧谱③翻新。

【注解】

①宿篆：夜里点燃的篆香。

②山枕：枕头。

③谱：画谱，刺绣图样。

南楼令

　　金液^①镇心惊。烟丝似不胜^②。沁鲛绡、湘竹无声^③。不为香桃怜瘦骨^④，怕容易、减红情^⑤。

　　将息报飞琼。蛮笺署小名^⑥。鉴凄凉、片月三星^⑦。待寄芙蓉心上露，且道是，解朝醒^⑧。

【注解】

①金液：古代方士所炼药物，传说服了之后可以成仙，这里指治病的药。葛
　洪《抱朴子·金丹》："金液，太乙所服而仙者也，不减九丹矣。"

②烟丝似不胜：刘禹锡《杨柳枝》："数株杨柳不胜春。"这句的意思是说
　病人的身体如风中柳丝一般孱弱。

③沁鲛绡、湘竹无声：形容病中女子默默擦拭眼泪。鲛绡，薄纱，指女子的
　衣或帕。

④不为香桃怜瘦骨：仙桃之枝干已无桃可摘。意思是说一切药方，均不容
　寻觅。

⑤红情：指女子娇艳的容颜。

⑥将息报飞琼。蛮笺署小名：这两句写词人致书许飞琼，乞求让病人回归，
　以续未尽之缘。将息，保重、调养。飞琼，原指西王母之侍女许飞琼。后
　泛指仙女，亦借指美丽的女子。

⑦片月三星：即"心"字，因其卧钩如残月，三点如三星。

⑧朝醒：夜晚醉酒，到第二天早晨依然昏睡，这里指病人头晕。

又　塞外重九^①

古木向人秋。惊蓬^②掠鬓稠。是重阳、何处堪愁。记得当年惆怅事，正风雨、下南楼。

断梦几能留。香魂一哭休^③。怪凉蟾、空满衾裯^④。霜落乌啼浑不睡，偏想出、旧风流。

【注解】

①重九：指重阳节。因重阳节在九月初九，故称。
②惊蓬：杂乱的蓬草，这里指头发蓬乱。
③香魂一哭休：温庭筠《过华清宫二十二韵》："艳笑双飞断，香魂一哭休。"
④衾裯：被子与床帐。

生查子

短焰剔残花^①，夜久边声寂。倦舞却闻鸡^②，暗觉青绫湿。
天水接冥蒙^③，一角西南白。欲渡浣花溪，远梦^④轻无力。

【注解】

①残花：指残存的烛花。
②倦舞却闻鸡：用祖逖、刘琨闻鸡起舞的典故。
③冥蒙：幽暗不明。
④远梦：指思念远方人的梦。李白《忆襄阳旧游》："归心结远梦，落日悬春愁。"

又

惆怅彩云^①飞，碧落知何许^②。不见合欢花^③，空倚相思树。

总是别时情，那待分明语。判得最长宵，数尽厌厌④雨。

【注解】

①彩云：李白《宫中行乐词》："只愁歌舞散，化作彩云飞。"
②何许：何处。
③合欢花：俗称马缨花，落叶乔木，花呈粉红色。古人常以之赠人。
④厌厌：微弱的样子。冯延巳《长相思》："红满枝，绿满枝，宿雨厌厌
　睡起迟。"

又

东风不解愁，偷展湘裙衩①。独夜背纱笼，影着纤腰画。
蓺尽水沉烟②，露滴鸳鸯瓦。花骨③冷宜香，小立樱桃下。

【注解】

①偷展湘裙衩：风吹裙裾。李群玉《同郑相并歌姬小饮戏赠》："裙拖六幅
　湘江水。"衩，衣襟开口处。
②蓺尽水沉烟：沉香已经燃尽。
③花骨：此指花枝。

又

鞭影落春堤，绿锦郭泥①卷。脉脉逗菱丝②，嫩水③吴姬眼。
啮膝④带香归，谁整樱桃宴⑤。蜡泪恼⑥东风，旧垒⑦眠新燕。

【注解】

①郭泥：障泥，马鞍的垫子。因垫在马鞍下，垂于马背的两旁以挡尘土，
　故称。

②菱丝：菱蔓。

③嫩水：春水。

④啮膝：良马名，低头口可至膝，故称。

⑤樱桃宴：新科进士以樱桃招待宾客的宴会。

⑥恼：惹，撩拨。

⑦旧垒：旧巢。

又

散帙①坐凝尘，吹气幽兰②并。茶名龙凤团③，香字鸳鸯饼④。
玉局⑤类弹棋⑥，颠倒双栖影⑦。花月不曾闲，莫放相思醒⑧。

【注解】

①散帙：打开书卷，这里指已翻开的书。

②吹气幽兰：吹气如兰的女子。《洞冥记》："丽娟年十四，玉肤柔软，吹气胜兰。"

③龙凤团：茶名，即龙团凤饼，为宋代著名的贡茶，饼状，上有龙纹，故称。

④鸳鸯饼：焚香常制作成饼状，称香饼。鸳鸯饼或为其中一种。

⑤玉局：棋盘的美称。

⑥弹棋：古时的一种赌博游戏，据说起源于汉成帝时。方法是两人对局，用手巾之类弹拨棋子。

⑦颠倒双栖影：这里指玉石棋盘上倒映着双栖鸟儿的影子。

⑧莫放相思醒：不要引起相思之情。

忆桃源慢

斜倚熏笼，隔帘寒彻。彻夜寒于水。离魂何处，一片月明千里。
两地凄凉多少恨，分付药炉烟细。近来情绪，非关病酒①，如何
拥鼻②长如醉。转寻思、不如睡也，看道夜深怎睡。

古典诗词精品

几年消息浮沉，把朱颜、顿成憔悴。纸窗风裂，寒到个人衾被。篆字香消灯炧冷，不算凄凉滋味。加餐千万，寄声珍重，而今始会当时意。早催人、一更更漏，残雪月华满地。

【注解】

①非关病酒：李清照《凤凰台上忆吹箫》："新来瘦，非干病酒，不是悲秋。"
②拥鼻：此典故出自《晋书·谢安传》，谢安能作洛下书生咏，因为鼻子有病，因此语音混浊。当时的名流喜欢谢安的咏读风格，但因为很难学得像，于是便有人用手掩住鼻子吟咏。

青衫湿遍　悼亡

青衫湿遍，凭伊慰我，忍便相忘。半月前头扶病①，剪刀声、犹在银釭②。忆生来、小胆怯空房③。到而今、独伴梨花影，冷冥冥、尽意凄凉。愿指魂兮识路，教寻梦也回廊。

咫尺玉钩斜④路，一般消受，蔓草残阳。判把长眠滴醒，和清泪、搅入椒浆⑤。怕幽泉、还为我神伤。道书生、薄命宜将息，再休耽、怨粉愁香⑥。料得重圆密誓，难禁寸裂柔肠。

【注解】

①扶病：带着病做事。
②银釭：银灯。
③小胆怯空房：常理《古离别》："小胆空房怯，长眉满镜愁。"
④玉钩斜：隋代埋葬宫妇的坟墓，在江苏扬州西。这里指亡妻的坟墓。
⑤椒浆：即椒酒，以椒浸制的酒，通常在元旦饮用。这里指祭奠的酒浆。
⑥怨粉愁香：比喻男女间的恩怨，这里指与妻往日的浓情蜜意。粉香，代指女人。

酒泉子

谢却荼蘼。一片月明如水。篆香消，犹未睡。早鸦啼。

嫩寒无赖①罗衣薄。休傍阑干角。最愁人，灯欲落。雁还飞。

【注解】

①嫩寒无赖：嫩寒，轻寒、微寒。无赖，无情无义。

凤凰台上忆吹箫 守岁①

锦瑟何年②，香屏此夕，东风吹送相思。记巡檐③笑罢，共撚梅枝。还向烛花影里，搉教看、燕蜡鸡丝④。如今但、一编消夜⑤，冷暖谁知。

当时。欢娱见惯，道岁岁琼筵，玉漏如斯。怅难寻旧约，枉费新词。次第朱幡⑥剪彩，冠儿侧、斗转⑦蛾儿。重验取、卢郎⑧青鬓，未觉春迟。

【注解】

①守岁：农历除夕，家人围坐，整夜不睡以辞旧岁迎新岁，谓之守岁。

②锦瑟何年：李商隐《锦瑟》："锦瑟无端五十弦，一弦一柱思华年。"

③巡檐：来往于檐下。杜甫《舍弟观赴蓝田取妻子到江陵，喜寄》："巡檐索共梅花笑，冷蕊疏枝半不禁。"

④燕蜡鸡丝：宋元时新年洛阳人家所做的食品。

⑤一编消夜：只是手持着一卷书来消磨着除夕。

⑥朱幡：立春日做的红色小旗。

⑦斗转：旋转。康与之《瑞鹤仙·上元应制》："闹蛾儿、满路成团打块，簇着冠儿斗转。"

⑧卢郎：这里词人以卢郎自比，说自己仍然青春年少。钱易《南部新书》："卢家有子弟，年已暮，娶崔氏女。崔有词翰，成诗曰：'自恨妾身生较晚，不见卢郎年少时。'"

又　除夕得梁汾闽中信，因赋

荔粉①初装，桃符②欲换，怀人拟赋然脂③。喜螺江④双鲤，忽展新词。稠叠⑤频年离恨，匆匆里、一纸难题。分明见、临缄重发⑥，欲寄迟迟。

心知。梅花佳句⑦，待粉郎香令⑧，再结相思。记画屏今夕，曾共题诗。独客料应无睡，慈恩梦⑨、那值微之。重来日、梧桐夜雨⑩，却话秋池。

【注解】

①荔粉：即粉荔枝，一种新年时制作的食品。

②桃符：旧时挂在门上以驱鬼避邪的绘有门神的桃木板，后演变为春联。

③然脂：点燃灯烛。徐陵《玉台新咏序》："于是然脂暝写，弄笔晨书。"

④螺江：亦称螺女江，在福建福州西北。

⑤稠叠：稠密层叠，形容相思愁绪之深重。

⑥临缄重发：书信封好后要寄出之前又撕开重写。张籍《秋思》："复恐匆匆说不尽，行人临发又开封。"

⑦梅花佳句：顾贞观《浣溪沙·梅》："一片冷香惟有梦，十分清瘦更无诗，待他移影说相思。"

⑧粉郎香令：粉郎，三国时的何晏，因何晏面白如涂粉，人称粉郎。香令，指荀彧，此人怀有异香，人称香令。此皆代指顾贞观。

⑨慈恩梦：用白居易、元稹的故事。孟棨《本事诗》："元相公稹为御史，鞫狱梓潼。时白尚书在京，与名辈游慈恩，小酌花下，为诗寄元曰：'花时同醉破春愁，醉折花枝作酒筹。忽忆故人天际去，计程今日到梁州。'时元果及褒城，亦寄《梦游》诗曰：'梦君兄弟曲江头，也向慈恩院里游。驿吏唤人排马去，忽惊身在古梁州。'千里神交，合若符契，友朋之道，不期至欤。"

⑩重来日、梧桐夜雨：李商隐《夜雨寄北》："君问归期未有期，巴山夜雨涨秋池。何当共剪西窗烛，却话巴山夜雨时。"

翦梧桐　　自度曲①

新睡觉②，正漏尽、乌啼欲晓。任百种思量，都来拥枕，薄衾颠倒③。土木形骸④，分⑤甘抛掷，只平白、占伊怀抱。听萧萧、一翦梧桐，此日秋声重到。

若不是、忧能伤人⑥，怎青镜、朱颜易老。忆少日清狂，花间马上，软风斜照。端的而今，误因疏起⑦，却懊恼、殢⑧人年少。料应他、此际闲眠，一样积愁难扫。

【注解】

①自度曲：自己编制的词牌填词当依固有词牌，但如于旧词牌外自制新的词牌，则称为自度曲。

②新睡觉：刚刚睡醒。

③颠倒：辗转反侧，难眠的样子。

④土木形骸：指人像土一样的自然本色，不假修饰。

⑤分：本来。

⑥忧能伤人：孔融《论盛孝章书》："若使忧能伤人，此子不得永年矣。"

⑦疏起：疏懒而贪睡。

⑧殢：滞留，困扰。

卷　　五

浣溪沙　寄严荪友①

藕荡桥②边理钓筒，苎萝③西去五湖东，笔床④茶灶太从容。

况有短墙银杏雨，更兼高阁玉兰风。画眉⑤闲了画芙蓉。

【注解】

①严荪友：即严绳孙，号藕渔，又号藕荡渔人，江苏无锡人。著有《秋水集》。
　与性德相交甚深。

②藕荡桥：位于严绳孙无锡宅第附近。

③苎萝：即苎萝山，在浙江省诸暨市南。

④笔床：放置毛笔的器具。南朝徐陵《〈玉台新咏〉序》："琉璃砚匣，终
　日随身。翡翠笔床，无时离手。"

⑤画眉：指汉代张敞为妻子画眉的故事。比喻夫妻感情和美。

明月棹孤舟　海淀①

　一片亭亭空凝伫。趁西风、霓裳②遍舞。白鸟③惊飞，菰蒲④
叶乱，断续浣纱人语。

　丹碧⑤驳残秋夜雨。风吹去、采菱越女⑥。辘轳声断，昏鸦欲起，
多少博山情绪⑦。

【注解】

①海淀：位于北京西北郊。今北京海淀区。性德家的别墅就在这里。

②霓裳：即《霓裳羽衣曲》，简称《霓裳》。唐代乐曲名。相传为开元中西
　凉节度使杨敬述所献，初名《婆罗门曲》，后经玄宗润色，改用此名。一
　说玄宗登三乡驿，望女儿山，作此曲前半，后吸收杨所献《婆罗门曲》续
　成全曲。其舞蹈、音乐和服饰都着力描绘虚无缥缈的仙境和仙女形象。

③白鸟：指蚊子。《大戴礼·夏小正》："丹鸟羞白鸟。"（丹鸟：指萤火虫。
　羞：以……为食物。）

④菰蒲：指菰和蒲。都是浅水植物。古诗词二者通常连用。菰，指多年生草

本植物，生长在池沼里，花单性，紫红色。嫩茎可做蔬菜，俗称茭白，果实为菰米，一名雕胡米。蒲，指香蒲。谢灵运《从斤竹涧越岭溪行》："蘋萍泛沈深，菰蒲冒清浅。"

⑤丹碧：泛指涂饰在建筑物或器物上的色彩。

⑥越女：古代越国多出美女，其中以西施最为著名，后来便用"越女"泛指越国美女。

⑦博山情绪：指面对博山炉袅袅青烟生起了许多烦恼。博山，指博山炉，这里代指名贵香炉。古乐府《杨叛儿》："暂出白门前，杨柳可藏乌。欢作沉水香，侬作博山炉。"

东风第一枝　桃花

薄劣①东风，凄其夜雨，晓来依旧庭院。多情前度崔郎，应叹去年人面②。湘帘乍卷，早迷了、画梁栖燕。最娇人、清晓莺啼，飞去一枝犹颤。

背山郭、黄昏开遍。想孤影、夕阳一片。是谁移向亭皋③，伴取晕眉青眼④。五更风雨，莫减却、春光一线。傍荔墙、牵惹游丝，昨夜绛楼⑤难辨。

【注解】

①薄劣：薄情的意思。张元干《踏莎行》："薄劣东风，天斜落絮，明朝重觅吹笙路。"

②多情前度崔郎，应叹去年人面：典出崔护"人面桃花"之事。据孟棨《本事诗·情感》记载，崔护清明郊游，到都城南庄一户人家敲门求饮，一年轻女子开门接待他，含情立于桃树之下。第二年崔护重游此地，桃花依旧，而人已经不在，遂题诗云："去年今日此门中，人面桃花相映红。人面不知何处去？桃花依旧笑春风。"

③亭皋：水边的平地。

④晕眉青眼：代指美丽娇艳的女子。

⑤绛楼：红楼。

望海潮　宝珠洞①

汉陵②风雨，寒烟衰草，江山满目兴亡。白日空山，夜深清呗③，算来别是凄凉。往事最堪伤。想铜驼巷陌④，金谷⑤风光。几处离宫，至今童子牧牛羊。

荒沙一片茫茫。有桑干⑥一线，雪冷鹝翔。一道炊烟，三分梦雨，忍看林表⑦斜阳。归雁两三行。见乱云低水，铁骑⑧荒冈。僧饭黄昏，松门⑨凉月拂衣裳。

【注解】

①宝珠洞：在今北京西郊八大处。洞在第七处，为八大处最高处，洞前有敞榭，可一目千里。因洞内砾石奇特，如同黑白相间的珠子凝结而成，似晶莹蚌珠，故得名宝珠。

②汉陵：这里指荒凉的陵墓。

③清呗：佛教徒诵经的声音。

④铜驼巷陌：地名，即铜驼街。故址在今洛阳。因为道旁曾经有两尊铜铸的骆驼而得名。是古代著名的繁华之地。

⑤金谷：地名，即金谷园，在今河南洛阳西北，泛指富贵人家盛极一时但好景不长的豪华园林。

⑥桑干：河名，即今永定河的上游。传说这条河每到桑葚成熟的时节就河水干涸，因此得名桑干。

⑦林表：林梢之外。

⑧铁骑：披挂铁甲的战马，指精锐部队。

⑨松门：指以松为门，前植松树的屋门。王勃《游梵宇三觉寺》："萝幌栖禅影，松门听梵音。"

瑞鹤仙　丙辰①生日自寿。起用《弹指词》②句，并呈见阳

马齿加长矣③。枉碌碌乾坤，问汝何事。浮名总如水。判尊前杯酒，一生长醉。残阳影里，问归鸿④、归来也未。且随缘、去住无心，冷眼华亭鹤唳⑤。

无寐。宿醒⑥犹在。小玉来言，日高花睡。明月阑干，曾说与、应须记。是蛾眉⑦便自、供人嫉妒，风雨飘残花蕊。叹光阴、老我无能，长歌而已。

【注解】

①丙辰：即康熙十五年（1676年），此年性德22岁。

②《弹指词》：顾贞观的词集名。顾贞观《金缕曲·丙午生日自寿》："马齿加长矣。向天公、投笺试问，生余何意？"

③马齿加长矣：马的牙齿随年而增，比喻时光匆匆而过，转眼又是一年。性德此词借用顾贞观《金缕曲·丙午生日自寿》里的起句。

④归鸿：飞回的大雁。比喻离人归来。

⑤华亭鹤唳：典出南朝刘义庆《世说新语·尤悔》："陆平原河桥败，为卢志所绻，被诛。临刑叹曰：'欲闻华亭鹤唳，可复得乎！'"性德此处是借华亭鹤唳感慨人生，表达对入仕的悔意。

⑥宿醒：宿醉，酒醉后隔夜未醒。

⑦蛾眉：典出屈原的《离骚》："众女嫉余之蛾眉兮，谣琢谓余以善淫。"性德借屈原才华出众遭人妒来说明自己在朝中任职不如意，对朝中勾心斗角，都毫无招架之力。

菩萨蛮　过张见阳①山居，赋赠

车尘马迹纷如织，羡君筑处真幽僻。柿叶②一林红，萧萧四

面风。

功名应看镜③，明月秋河④影。安得此山间，与君高卧⑤闲。

【注解】

①张见阳：性德友人，字子敏，名纯修，又号见阳，擅长绘画。曾为性德编印《饮水诗词集》。

②柿叶：柿子树的叶子，此叶经霜就会变成红色。诗文中经常以此描绘秋色。

③功名应看镜：功名利禄如镜中花，总是虚幻。杜甫《江上》："勋业频看镜，行藏独倚楼。"

④秋河：银河。

⑤高卧：高枕而卧。比喻隐居或者隐居不仕的人。

于中好　咏史

马上吟成促渡江，分明闲气付闺房①。生憎②久闭金铺暗③，花冷回心玉一床④。

添哽咽，足凄凉，谁教生得满身香⑤。只今西海⑥年年月，犹为萧家⑦照断肠。

【注解】

①马上吟成促渡江，分明闲气付闺房：此处借用辽道宗皇后萧观音赋诗劝君渡江灭宋的故事。辽王鼎《焚椒录》："二年八月，上猎秋山，后率妃嫔从行在所。至伏虎林，上命后赋诗，后应声曰：'威风万里压南邦，东去能翻鸭绿江。灵怪大千都破胆，那教猛虎不投降。'上大喜，出示群臣，曰：'皇后可谓女中才子。'"。闺房，本指女子的卧房，此处代指辽道宗皇后。

②生憎：最恨、偏恨。唐代卢照邻《长安古意》："生憎帐额绣孤鸾，好取门帘帖双燕。"

③金铺暗：萧观音《回心词》其一："扫深殿，闲久铜铺暗。"金铺，门的美称。

④花冷回心玉一床：回心，指回心院。《新唐书·传》："初，帝念后，间行至囚所，见门禁锢严，进饮食窦中，恻然伤之。呼曰："皇后、良娣无恙乎？今安在？"二人同辞曰："……陛下幸念畴日，使妾死更生，复见明，乞署此为回心院。"玉一床，即满床的月色，比喻床十分冷清。玉，代指月色。萧观音《回心词·其七》："笑妾新铺玉一床。""

⑤谁教生得满身香：萧观音《回心词·其九》："若道妾身多秽贱，自沾御香香彻肤。"

⑥西海：本指传说中的西方神像，此处代指帝京中的太液池。

⑦萧家：指萧观音的家。

〖延展链接〗

　　本首词写的是辽道宗皇后萧观音之事。据辽学士王鼎《焚椒录》记载，萧后，容貌端丽，能诗，善乐舞，封懿德皇后，因劝谏道宗耽于射猎而失宠，后作《回心院》词十首希望道宗回心转意，并令伶官赵惟一演奏。当时奸臣耶律乙辛为陷害萧后及太子，令人作淫词《十香词》骗萧后书写，再以之为证诬告萧后与赵惟一私通，萧后遂被道宗赐自尽。

　　本首词版本较多，流传有性德手书赠友人之遗嘱："马上吟成鸭绿江，无将闲气付闺房。生憎久闭金铺暗，花笑三韩玉一床。添哽咽，足凄凉。谁教生得满身香。至今青海年年月，犹为萧家照断肠。"本编据康熙三十年张纯修刻本《饮水词集》卷下补，取冯刻丰之见，然词牌名则依注刻本，冯刻丰作"于中好"。

满江红　为曹子清①题其先人所构楝亭②，亭在金陵署中

　　籍甚平阳③，羡弈叶④、流传芳誉⑤。君不见、山龙⑥补衮，昔日兰署⑦。饮罢石头城⑧下水，移来燕子矶边树。倩一茎、黄楝作三槐，趋庭处。

　　延夕月，承晨露。看手泽⑨，深余慕。更凤毛⑩才思，登高

190

能赋。入梦凭将图绘写，留题合遣纱笼①护。正绿阴青子②盼乌衣，来非暮③。

【注解】

① 曹子清：曹寅，清代文学家。字子清，号荔轩、雪樵、栋亭。曹雪芹的祖父。原籍丰润（今河北唐山市丰润区），自其祖父起为满洲贵族包衣（奴仆）。康熙时为近臣，累官至通政使。

② 栋亭：曹寅祖辈所建之亭，亭边种植了栋木，因此称为栋亭。

③ 平阳：古邑、县名。即今山西临汾市西南。这里指的是金陵。汉曹参因帮助刘邦有功劳，受封为平阳侯。

④ 弈叶：累世。曹植《王仲宣诔》："伊君显考，弈叶佐时。"

⑤ 芳誉：美好的名声、声誉。

⑥ 山龙：古代绘在衮服或旌旗上面的山、龙等图案。

⑦ 兰署：兰台，指秘书省。

⑧ 石头城：古城名。简称石城，亦称石首城。在今江苏为南京市西清凉山。本是战国楚金陵邑，东汉建安十七年（公元212年）孙权重筑改名。时尚为士坞，东晋义熙初加砖累石，依山为城，因江为池。唐以前，长江主流逼近山麓，城负山面江，南临秦淮河口，水路交通要地，形势险固，故有"石城虎踞"之称。三国吴、东晋、南朝建都建康，此为守正都城的军事重镇，为兵家必争之地。隋开皇九年（公元589年）平陈，在此处置蒋州，唐武德三年（公元620年）为扬州治，唐武德九年（公元626年），扬州移治江都，此城遂废。古城现已荡然无存，今残存城垣为明初扩建应天府城时修筑。因年久经风化剥蚀，石壁凹凸不平，俗称"鬼脸城"。

⑨ 手泽：指先人或前辈的遗墨或遗物。这里指皇帝的题字。

⑩ 凤毛：比喻曹氏子孙中有才气似其父辈者。《南齐书·谢超宗传》："王母殷淑仪卒，超宗作诔奏之。帝大磋赏，曰：'超宗殊有凤毛，恐灵运复出。'"

⑪ 纱笼：用纱蒙覆贵人、名士壁上题咏的手迹，以表示崇敬。

⑫ 青子：尚未成熟的梅子。

⑬ 来非暮：《后汉书·廉范传》："廉范调任蜀郡太守。旧制为防止火灾，禁止百姓夜间点火做工。范到任撤消禁令，命百姓储水严防。百姓称便，作歌称颂，曰：'廉叔度（范），来何暮？不禁火，民安作。平生无衣需今五袴。'"后以来暮为称颂地方官吏的典故。此处为赞扬曹寅之意。

◇ 纳兰词全集 卷五

191

〖延展链接〗

康熙二十二年性德护驾南巡。此篇即作于此行中。词为题赠之作，是写给备受康熙皇帝宠爱的心腹之臣曹寅的。曹家与清室有着特殊的关系，故性德于此词中不免颇多盛赞语，但绝不能简单看作奉迎之作。

浣溪沙

一半残阳下小楼①，朱帘斜控②软金钩。倚阑无绪不能愁③。

有个盈盈④骑马过，薄妆浅黛⑤亦风流。见人羞涩却回头。

【注解】

①一半残阳下小楼：杜牧《题扬州禅智寺》："暮霭生深树，斜阳下小楼。"

②斜控：斜斜地垂挂。控，下垂、弯曲的样子。

③倚阑无绪不能愁：倚靠着栏杆，心情不好，又不能控制心中的忧愁。

④盈盈：美好的样子，此处代指仪态美好的女子。

⑤浅黛：眉毛画得很淡。

菩萨蛮

梦回酒醒三通鼓①，断肠啼鴂②花飞处。新恨隔红窗，罗衫泪几行。

相思何处说，空对当时月。月也异当时，团栾③照鬓丝。

【注解】

①三通鼓：古人夜里打更报时，一夜分五更，三通鼓即三更的更鼓。

②啼鴂：即杜鹃鸟。相传此鸟为蜀国望帝死后所化，每年春末夏初时啼叫，其声惹人生悲。

③团栾：指圆月。

摊破浣溪沙

一霎①灯前醉不醒，恨如春梦畏分明②。淡月淡云窗外雨，一声声。

人到情多情转薄，而今真个不多情。又听鹧鸪啼遍了，短长亭。

【注解】

①一霎：一霎那，指极短的时间。

②恨如春梦畏分明：怕醉中梦境与现实分明起来。一个"畏"字，表明不愿面对这伤感的离别。张泌《寄人》："一场春梦不分明。"

水龙吟　再送荪友南还

人生南北真如梦，但卧金山①高处。白波东逝②，鸟啼花落，任他日暮。别酒盈觞，一声将息③，送君归去。便烟波万顷，半帆残月，几回首，相思苦。

可忆柴门深闭。玉绳④低、蔫灯夜语。浮生如此，别多会少，不如莫遇。愁对西轩，荔墙叶暗，黄昏风雨。更那堪几处，金戈铁马⑤，把凄凉助。

【注解】

①金山：山名，在今江苏镇江西北。这里代指严绳孙的家乡。

②白波东逝：光阴流逝。

③将息：保养，休息。

④玉绳：星名，指北斗七星第五星玉衡之北的天乙、太乙二星，是斗柄部分。玉绳低则指夜已深了。

⑤金戈铁马：指战争。辛弃疾《永遇乐》："想当年，金戈铁马，气吞万里如虎。"

相见欢

落花如梦凄迷，麝烟①微，又是夕阳潜下小楼西。

愁无限，消瘦尽，有谁知？闲教玉笼鹦鹉念郎诗②。

【注解】

①麝烟：焚烧麝香所飘散的香烟。麝香是四大动物香料（麝香、灵猫香、河
狸香、龙涎香）之首，深受古代富贵士族喜爱。

②闲教玉笼鹦鹉念郎诗：表达哀愁落寞之情。此处是化用柳永的《甘草子》：
"池上凭阑愁无侣。奈此个单栖情绪。却傍金笼共鹦鹉，念粉郎言语。"

昭君怨

暮雨丝丝吹湿，倦柳愁荷①风急。瘦骨不禁秋，总成愁。

别有心情怎说？未是诉愁时节。谯鼓②已三更，梦须③成。

【注解】

①倦柳愁荷：柳枝、荷花凋落的样子。一"倦"一"愁"，又传达出作者内
心的愁苦滋味。史达祖《秋霁》："江水苍苍，望倦柳荷，共感秋色。"

②谯鼓：古代谯楼上的更鼓。谯楼即城门上的瞭望楼，俗称鼓楼。

③须：应。

浣溪沙

酒醒香销愁不胜，如何更向落花行？去年高摘斗轻盈。

夜雨几番销瘦了，繁华①如梦总无凭②。人间何处问多情？

①繁华：既是实指繁茂之花事，又可理解为繁盛之景象。

②无凭：无所倚仗，不可依托。

霜天晓角

重来对酒，折尽风前柳。若问看花情绪，似当日、怎能彀①。

休为西风瘦，痛饮频搔首②。自古青蝇白璧③，天已早、安排就。

【注解】

①彀：通"够"。

②搔首：以手搔头，表现焦急或若有所思的情态。

③青蝇白璧：苍蝇粪能使白玉璧污损，喻指小人颠倒黑白，污人清白。陈子昂《宴胡楚真禁所》："人生固有命，天道信无言。青蝇一相点，白璧遂成冤。"

减字木兰花

花丛①冷眼，自惜寻春来较晚。知道今生，知道今生那见卿。

天然绝代，不信相思浑不解②。若解相思，定与韩凭共一枝③。

【注解】

①花丛：指女子。

②浑不解：全不解。

③若解相思，定与韩凭共一枝：干宝《搜神记》卷十一："宋康王舍人韩凭娶妻何氏，美，康王夺之。凭怨，王囚之……凭乃自杀，其妻乃阴腐其衣。王与之登台，妻遂自投台，左右揽之，衣不中手而死。遗书于带曰：'王

◇ 纳 兰 词 全 集　卷 五

利其生，妾利其死。愿以尸骨，赐凭合葬。'王怒，弗听，使里人埋之，冢相望也。王曰：'尔夫妇相爱不已，若能使冢合，则吾弗阻也。'宿昔之间，便有大梓木生于两冢之端，旬日而大盈抱，屈体相就，根交于下，枝错于上。又有鸳鸯雌雄各一，恒栖树上，晨夕不去，交颈悲鸣，音声感人。宋人哀之，遂号其木曰'相思树'。相思之名起于此也。南人谓此禽即韩凭夫妇之精魂。"

忆秦娥

长飘泊，多愁多病心情恶。心情恶，模糊一片，强分哀乐①。

拟将欢笑排离索②，镜中无奈颜非昨。颜非昨，才华尚浅，因何福薄？

【注解】

①强分哀乐：指勉强分辨哀乐。强分，勉强分辨。
②离索：分别。此处指分别之苦。

青衫湿　　悼亡

近来无限伤心事，谁与话长更？从教分付①，绿窗红泪②，早雁初莺。

当时领略，而今断送，总负多情。忽疑君到，漆灯③风飐④，痴数春星。

【注解】

①从教分付：一切都听任其安排。张元干《念奴娇》："有谁伴我凄凉，除非分付，与杯中醽醁。"
②红泪：指美人之泪。典出王嘉《拾遗记》所载有关薛灵芸的典故："文帝所爱美人，姓薛名灵芸，常山人也。……灵芸年至十五，容貌绝世，邻中

少年夜来窃窥，终不得见。……时文帝选良家子女，以入六宫。习以千金宝赂聘之，既得，乃以献文帝。灵芸闻别父母，歔欷累日，泪下沾衣。至升车就路之时，以玉唾壶承泪，壶则红色。既发常山，及至京师，壶中泪凝如血。"

③漆灯：一种灯，灯明亮如漆。

④风飐：风吹之意。五代词人喜用此语。毛文锡《临江仙》："岸泊渔灯风飐碎，白苹远散浓香。"

忆江南　宿双林禅院①有感

心灰尽，有发未全僧。风雨消磨生死别，似曾相识只孤檠②。情在不能醒。

摇落后，清吹③那堪听。淅沥暗飘金井④叶，乍闻风定又钟声。薄福荐倾城⑤。

【注解】

①双林禅院：在北京阜成门外二里沟。清朱彝尊《日下旧闻》引刘侗《帝京景物略》："万历四年，西竺南印土僧左吉古鲁东入中国，初息天宁寺。后过阜成门外二里沟，见一松盘覆，趺坐其下，默持《陀罗尼咒》，匝月不食……毕长侍奉之。赐织金禅衣，为建寺曰西域双林寺。"

②孤檠：即孤灯。

③清吹：凄清的声音。此处指秋风。

④金井：有雕饰的井。对宫廷、园林中井的美称。

⑤薄福荐倾城：自己福分太浅，纵有如花美眷和可爱情人，却也常在生离死别中。

鹊桥仙

倦收缃帙①，悄垂罗幕，盼煞一灯红小。便容生受②博山香，销折得、狂名多少。

是伊缘薄，是侬情浅，难道多磨更好？不成③寒漏也相催，索性尽、荒鸡④唱了。

【注解】

①缃帙：包在书卷外的浅黄色封套。这里代指书卷。
②生受：享受。
③不成：难道。
④荒鸡：指半夜不按一定时间啼叫的鸡。古人认为其鸣声为恶声，有不祥的预兆。这里则是说彻夜不眠，漏壶滴尽，天将亮了。

又

梦来双倚，醒时独拥，窗外一眉新月。寻思常自悔分明，无奈却、照人清切。

一宵灯下，连朝镜里，瘦尽十年花骨①。前期②总约上元时，怕难认、飘零人物③。

【注解】

①花骨：花本无骨，此处以花骨比喻女子骨弱如花、憔悴衰老。史达祖《鹧鸪天》："十年花骨东风泪，几点螺香素壁尘。"
②前期：指以前的约定。孙光宪《定风波》："年来年去负前期，应是秦云兼楚雨。"
③飘零人物：指失意之人。此处为作者自称。

临江仙　孤雁

霜冷离鸿①惊失伴，有人同病相怜。拟凭尺素寄愁边。愁多书屡易②，双泪落灯前。

莫对月明思往事，也知消减年年。无端嘹唳③一声传。西风
吹只影，刚是早秋天。

【注解】

①离鸿：失群的大雁。周邦彦《浪淘沙慢·晓阴重》："念汉浦离鸿去何许？
　经时信音绝。"
②屡易：多次重写。
③嘹唳：声音响亮而凄清。这里指孤雁的叫声。

水龙吟　题文姬图

须知名士倾城①，一般易到伤心处。柯亭②响绝，四弦才断，
恶风吹去。万里他乡，非生非死，此身良苦。对黄沙白草，呜
呜卷叶，平生恨，从头谱。

应是瑶台伴侣③。只多了、毡裘④夫妇。严寒觱篥⑤，几行乡
泪，应声如雨。尺幅⑥重披，玉颜千载，依然无主。怪人间厚福，
天公尽付，痴儿骏女。

【注解】

①名士倾城：指才子佳人。
②柯亭：古地名，在今浙江省绍兴市西南，此地盛产良竹。相传蔡邕（蔡文
　姬之父）曾用柯亭之竹制笛。笛声奇妙好听，平常笛子不可比。
③瑶台伴侣：此处意谓蔡文姬本可成为汉家的贵妇人，或是宫中的后妃。瑶
　台，指神仙居所，这里借指汉家天子。
④毡裘：指少数民族的服饰。
⑤觱篥：古代一种管乐器。又称筚管、管头。出自西域龟兹，后传入内地。《胡
　笳十八拍》第七拍"龟兹觱篥愁中听，碎叶琵琶夜深怨。"
⑥尺幅：以小幅的绢或纸作画。此指文姬图。

◇

纳
兰
词
全
集

卷

五

〖延展链接〗

　　蔡文姬，汉末女诗人。名琰，字文姬，生卒年不详。陈留圉（今河南省杞县西南）人，汉朝大文学家蔡邕之女。文姬博学能文，有才辩，通音律。初嫁河东卫仲道，夫亡无子，归母家。汉末天下乱，为董卓部将所虏，归匈奴左贤王，居匈奴十二年，生二子。曹操统一北方后以重金赎回文姬，此后文姬改嫁董祀，有《悲愤诗》传世。

金缕曲

　　未得长无谓①。竟须将、银河亲挽，普天一洗。麟阁②才教留粉本，大笑拂衣③归矣。如斯者、古今能几。有限好春无限恨，没来由、短尽英雄气④。暂觅个，柔乡避。

　　东君⑤轻薄知何意。尽年年、愁红惨绿，添人憔悴。两鬓飘萧容易白，错把韶华虚费。便决计，疏狂⑥休悔。但有玉人常照眼⑦，向名花美酒拼沉醉。天下事，公等在。

【注解】

①未得长无谓：李商隐《无题》："人生岂得长无谓，怀故思乡共白头。"

②麟阁：即麒麟阁，在汉朝未央宫中。

③拂衣：指归隐。

④短尽英雄气：蔡伸《点绛唇》："一点情钟，销尽英雄气。"

⑤东君：指司春之神。辛弃疾《满江红·暮春》："可恨东君，把春去春来无迹。"

⑥疏狂：豪放不羁，不受约束。

⑦但有玉人常照眼：常有美女伴在身边。玉人，指美女。照眼，耀眼，光彩夺目。

望江南　咏弦月

初八月①，半镜上青霄②。斜倚画阑③娇不语，暗移梅影过红桥④。裙带北风飘。

【注解】

①初八月：即上弦月。农历每月的初七或初八，月亮呈月牙形状，其弧在右侧。
②青霄：高空。
③画阑：有画作为装饰的栏杆。
④红桥：地名。在今天津市区西北部，北、东部濒北运河、海河。《元史·文宗纪》：致和元年（1328年），燕帖木儿战王禅"于榆河，败之，追奔江桥北"，即此。

鹧鸪天　离恨

背立盈盈故作羞，手挼①梅蕊②打肩头。欲将离恨寻郎说，待得郎归恨却休。

云淡淡，水悠悠，一声横笛③锁空楼。何时共泛春溪月，断岸垂杨一叶舟。

【注解】

①手挼：用手轻轻揉弄。
②梅蕊：梅花的蓓蕾。
③横笛：笛子。即现在七孔横吹的笛子，此处是相对于古时候竖着吹的笛子而言的。

临江仙

昨夜个人曾有约，严城①玉漏三更。一钩新月②几疏星。夜

◇ 纳兰词全集　卷五

201

阑犹未寝，人静鼠窥灯。

原是瞿唐③风间阻，错教人恨无情。小阑干外寂无声。几回肠断处，风动护花铃。

①严城：戒备森严的城池。

②新月：农历每月初出的弯形的月亮。

③瞿唐：即瞿塘峡，亦称"夔峡"。长江三峡之一。包括风箱峡和错门峡。西起重庆市奉节县白帝城，东至巫山县大溪，长八千米，为三峡中最短而又最雄伟的峡谷。

忆江南

江南忆，鸾辂①此经过。一掬胭脂②沉碧甃，四围亭壁幪红罗③。消息④暑风多。

【注解】

①鸾辂：天子王侯乘坐的车。《吕氏春秋·孟春纪》："天子居青阳左个。乘鸾辂，驾苍龙。"

②胭脂：胭脂井，即南朝陈国景阳殿的景阳井。故址在今南京市。隋兵南下过江，陈后主闻兵至，与妃张丽华、孔贵嫔并投此井。至夜，为隋兵所执，后人因称此井为辱井。又因此井有红色的石栏，故称此井为胭脂井。

③红罗：红色的轻软丝织品。

④消息：变化。

又

春去也，人在画楼①东。芳草绿粘天一角，落花红沁水三弓②。好景共谁同？

①画楼：雕饰得非常华丽的楼房。

②弓：古时丈量田地的器具和计算单位。一弓等于六尺（一说八尺）。洪迈《稼轩记》："乃荒左偏以立圃，稻田泱泱，居然衍十弓。"

赤枣子

风淅淅①，雨纤纤②。难怪春愁细细添。记不分明疑是梦，梦来还隔一重帘。

【注解】

①淅淅：象声词，形容风声。杜甫《秋风》诗之一："秋风淅淅吹巫山，上牢下牢修水关。"

②纤纤：细微的样子。庾信《徵调曲》："纤纤不绝林薄成，涓涓不上江河生。"

玉连环影

才睡。愁压衾花①碎。细数更筹②，眼看银虫坠。梦难凭，讯难真。只是赚③伊终日两眉颦④。

【注解】

①衾花：衾被上织印的花卉图案。

②更筹：古代夜间报更的记时竹签。又借指时间。欧阳澈《小重山》："无眠久，通夕数更筹。"

③赚：赚得，赢得。

④颦：皱眉。

如梦令

万帐穹庐①人醉。星影摇摇欲坠。归梦隔狼河，又被河声搅碎。还睡，还睡，解道醒来无味。

【注解】

①穹庐：也作"穷庐"，游牧民族用毡子制成的圆顶帐篷。《汉书·匈奴传》："匈奴父子同穹庐卧。"颜师古注："穹庐，旃帐也。其形穹隆，故曰穹庐。"《淮南子·齐俗训》："譬若舟车、楯肆、穷庐，故有所宜也。"

天仙子

月落城乌①啼未了，起来翻为无眠早。薄霜庭院怯生衣②，心悄悄③，红阑绕，此情待共谁人晓？

【注解】

①城乌：城墙上的乌鸦。
②生衣：绢制的夏衣。白居易《秋诗》："犹道江州最凉冷，至今九月著生衣。"
③悄悄：忧愁的样子。

浣溪沙

锦样年华水样流，鲛珠①迸落②更难收。病馀常是怯梳头。
一径绿云③修竹④怨，半窗红日落花愁。愔愔⑤只是下帘钩。

【注解】

①鲛珠：古代传说中鲛人泪珠所化的珍珠。比喻眼泪。刘辰翁《宝鼎现》："灯前拥髻，暗滴鲛珠坠。"

②迸落：散落。

③绿云：像云彩那样繁茂的绿叶。

④修竹：细长的竹子。

⑤愔愔：幽深，悄寂的样子。

又

肯把离情容易看，要从容易见艰难。难抛往事一般般①。

今夜灯前形共影，枕函虚置翠衾②单。更无人与共春寒③。

【注解】

①一般般：一件件。

②翠衾：翠被。

③春寒：春天寒冷的天气。

又

已惯天涯莫浪愁①，寒云衰草渐成秋。漫②因睡起又登楼。

伴我萧萧③惟代马④，笑人寂寂⑤有牵牛。劳人⑥只合一生休。

【注解】

①浪愁：空愁。

②漫：不要。

③萧萧：象声词，马的嘶鸣声。《诗经·小雅·车攻》："萧萧马鸣，悠悠
   旆旌。"

④代马：北地所产的马。代，古代郡地，后泛指北方边塞地区。

⑤寂寂：寂静。

⑥劳人：忧伤的人。《诗经·小雅·巷伯》："骄人好好，劳人草草。苍天
   苍天！视彼骄人，矜此劳人。"

采桑子　居庸关①

鶗鴂②声里严关③峙，匹马登登④。乱踏黄尘，听报邮签⑤第几程。

行人莫话前朝事，风雨诸陵。寂寞鱼灯⑥，天寿山⑦头冷月横。

【注解】

①居庸关：旧称军都关、蓟门关。在今北京市昌平区西北部。长城要口之一，控军都山隘道（军都陉）中枢。《吕氏春秋·有始览》称之为九塞之一。今关为明洪武元年（1368 年）建，与紫荆、倒马合称"内三关"。取"徙居庸徒"之意为名。形势险要，向来都是交通要冲。两旁翠峰重叠，树木蓊郁葱苍，有"居庸叠翠"之称，旧为"燕京八景"之一。

②鶗鴂：本为燕的别名，也用来表示子规鸟。此处为子规之意。

③严关：险要的关门、关隘。

④登登：象声词，指马蹄声。

⑤邮签：驿馆、驿船等晚上用以报时的更筹。

⑥鱼灯：帝王陵寝之灯。语出《史记·始皇本纪》："葬始皇骊山，以人鱼膏为烛，度不灭者久之。"

⑦天寿山：位于北京市昌平区北部。山麓一带黄土深厚，原本叫作黄土山。明永乐七年（1409 年）营建山陵，因此改名为天寿山。自成祖以后，明代诸帝皆葬于此。

清平乐　发汉儿村题壁

参横月落①，客绪从谁托。望里家山云漠漠②，似有红楼③一角。

不如意事年年，消磨绝塞风烟。输与五陵公子④，此时梦绕花前。

206

【注解】

①参横月落：月亮已落，参星横斜。形容即将天亮。

②漠漠：广大无际的样子。

③红楼：红色的楼。泛指华美的楼房。

④五陵公子：指京城富贵人家的子弟。五陵，长陵、安陵、阳陵、茂陵、平陵的合称；西汉高祖、惠帝、景帝、武帝、昭帝的陵园；唐代高祖、太宗、高宗、中宗、睿宗的陵园。后世多用五陵代称京城繁华之地。

又

角声①哀咽②，襆被③驮残月。过去华年如电掣④，禁得番番离别。

一鞭冲破黄埃⑤，乱山影里徘徊。蓦忆去年今日，十三陵下归来。

【注解】

①角声：指画角吹奏出的声音。角，即画角。古代乐器名。形如竹筒，本细末大，以竹木或皮革制成，也有铜制的。因外加彩绘故名。发声哀厉高亢，古代军中多用吹角以警昏晓，振士气。帝王外出，也用其以报警戒严。杜甫《岁宴行》："万国城头吹画角，此曲哀怨何时终。"

②哀咽：悲伤哽咽。

③襆被：用包袱包裹衣服和被子。《晋书·魏舒传》："时欲沙汰郎官，非其才者罢之。舒曰：'吾即其人也。'衣裳被而出。"

④电掣：闪电的电光一闪而过，比喻非常迅速。

⑤黄埃：黄色的尘埃。

又

画屏无睡，雨点惊风碎。贪话零星兰焰①坠，闲了半床红被。

生来柳絮飘零。便教咒②也无灵。待问归期还未，已看双睫
盈盈③。

【注解】

①兰焰：也称"兰烬"，即烛花。因灯烛余烬形似兰心而得名。

②咒：祈祷，祈求。《后汉书·谅辅传》："时夏太旱，……辅乃自暴庭中，
慷慨咒日。"

③双睫盈盈：两眼饱含泪水的样子。

秋千索

锦帏①初卷蝉云绕，却待要起来还早。不成薄睡倚香篝，一
缕缕残烟袅。

绿阴满地红阑悄，更添与催归啼鸟②。可怜春去又经时③，
只莫被人知了。

【注解】

①锦帏：锦帐。

②催归啼鸟：即杜鹃鸟。

③经时：经历较长时间。

浪淘沙　秋思

霜讯①下银塘，并作新凉。奈他青女②忒轻狂③。端正一枝荷叶盖，护了鸳鸯。

燕子要还乡，惜别雕梁。更无人处倚斜阳。还是薄情还是恨，仔细思量。

【注解】

①霜讯：霜期来临的消息。

②青女：传说中的霜雪之神。也作霜的代称。《淮南子·天文训》："至秋三月，……青女乃出，以降霜雪。"

③轻狂：放浪轻浮。

虞美人　秋夕信步①

愁痕满地无人省，露湿琅玕②影。闲阶③小立倍荒凉。还剩旧时月色在潇湘。

薄情转是多情累，曲曲柔肠碎。红笺向壁④字模糊，忆共灯前呵手为伊书。

【注解】

①信步：漫步，随意地走动。

②琅玕：指翠竹。杜甫《郑驸马宅宴洞》："主家阴洞细烟雾，留客夏簟青琅玕。"

③闲阶：空荡寂寞的台阶。

④向壁：面对墙壁。

南乡子　秋莫①村居

　　红叶满寒溪②，一路空山万木齐。试上小楼极目望，高低，一片烟笼十里陂③。

　　吠犬杂鸣鸡，灯火荧荧归路迷。乍逐横山时近远，东西，家在寒林④独掩扉。

【注解】

①秋莫：即秋暮。莫，指日落之时，傍晚。《荀子·乐伦》："饮酒之节，朝不废朝，莫不废夕。"
②寒溪：寒冷的溪流。
③陂：山坡。
④寒林：秋冬季节充满寒肃气息的山林。

雨中花

　　楼上疏烟①楼下路，正招余、绿杨深处。奈卷地西风，惊回残梦，几点打窗雨。

　　夜深雁掠东檐去。赤憎是、断魂砧杵②。算酌酒忘忧，梦阑酒醒，愁思知何许？

【注解】

①疏烟：香火寥落，不旺盛。
②砧杵：捣衣石和棒槌，借指捣衣。何逊《赠族人秣陵兄弟》："萧索高秋暮，砧杵鸣四邻。"

浣溪沙　郊游联句

出郭寻春春已阑（陈维崧）。东风吹面不成寒（秦松龄）^①。青村几曲到西山（严绳孙）。

并马未须愁路远（姜宸英），看花且莫放杯闲（朱彝尊）。人生别易会常难（纳兰性德）^②。

【注解】

①东风吹面不成寒：典出僧志南《绝句》："吹面不寒杨柳风。"
②人生别易会常难：典出曹丕《燕歌行》其二："别日何易会日难，山川悠远路漫漫。"

〖延展链接〗

　　此篇是性德与友人合作的一首词，见冯统《天风阁丛书·饮水词》补遗。此联句当作于康熙十八年（1679 年），该年开博学鸿儒科，陈维崧、秦松龄、严绳孙、姜宸英、朱彝尊等人皆聚集于北京。而此联句则作于该年暮春六人同游西山之时。这一首联句之作既可以看出词人之间亲密的友情，亦可看到性德在其中所表现出的伤感情绪。

罗敷媚　赠蒋京少

如君清庙明堂器，何事偏痴。却爱新词^①。不向朱门和宋诗。
嗜痴莫道无知己，红泪休垂。努力前期^②。我自逢人说项斯^③。

【注解】

①新词：清初词人的词作。

②努力前期：意为努力向前。前期，前途，前景。

③我自逢人说项斯：遇人便赞项斯。此处引申为遇人便赞蒋京少。杨敬之《赠
   项斯》："处处见诗诗总好，及观标格过于诗。平生不解藏人善，到处逢
   人说项斯。"

〖延展链接〗

　　此词作于康熙十五年至十七年之间，蒋景祁有和词《采桑子·答容若》
四首。蒋景祁，字京少，一作荆少，宜兴（今属江苏）人。一生落魄，长年
游食。与清初"阳羡派"词坛宗主陈维崧同乡，两人的际遇也十分相似，彼
此常有唱和，与纳兰性德结交于康熙十五年之后。自称"阳羡后学"，词风
追步陈维崧，并辑成《瑶华集》行世，与《今词选》、《荆溪词初集》合称
阳羡三大词选。

附 录

《饮水词》序

顾贞观

　　非文人不能多情，非才子不能善怨。骚雅之作，怨而能善，惟其情之所独多也。容若天资超逸，翛然尘外。所为乐府小令，婉丽凄清，使读者哀乐不知所主，如听中宵梵呗，先凄惋而后喜悦。定其前身，此岂寻常文人所得到者。昔汾水秋雁之篇，三郎击节，谓巨山为才子。红豆相思，岂独生南国哉。荪友谓余，盍取其词尽付剞劂。因与吴君蔄次共为订定，遂流传于世云。同学顾贞观识。时康熙戊午又三月上巳，书于吴趋客舍。

（据道光十二年汪元治结铁网斋刻《纳兰词·原序》）

◇ 纳 兰 词 全 集 附 录

215

《饮水词》序

吴 绮

　　一编《侧帽》，旗亭竞拜双鬟；千里交襟；乐部唯推只手。吟哦送日，已教刻遍琅玕；把玩忘年，行且装之玟瑁矣。迩因梁汾顾子，高怀远询停云；再得容若成君，新制仍名饮水。披函昼读，吐异气于龙宾；和墨晨书，缀灵葩于虎仆。香非兰茝，经三日而难名；色似蒲桃；杂五纹而奚辨。汉宫金粉，不增飞燕之妍；洛水烟波，难写惊鸿之丽。盖进而益密，冷暖只在自知；而闻者咸歔，哀乐浑忘所主。谁能为是，辄唤奈何。则以成子姿本神仙，虽无妨于富贵；而身游廊庙，恒自托于江湖。故语必超超，言皆奕奕。水非可尽，得字成澜；花本无言，闻声若笑。时时夜月，镜照眼而益以照心；处处斜阳，帘隔形而不能隔影。才由骨俊，疑前身或是青莲；思自胎深，想竟体俱成红豆也。嗟乎！非慧男子不能善愁，惟古诗人乃云可怨。公言性吾独言情，多读书必先读曲。江南肠断之句，解唱者惟贺方回；堂东弹泪之诗，能言者必李商隐耳。薗次吴绮序于林蕙堂。

（据乾隆衷白堂刻吴绮《林蕙堂文集》续刻卷四）

《今词初集》题词

鲁　超

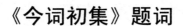

　　《诗》三百篇，音节参差，不名一格，至汉魏，诗有定则，而长短句乃专归之乐府，此《花间》《草堂》诸词所托始欤。词与乐府有同其名者，如《长相思》《乌夜啼》是也；有同其名亦同其调者，如《望江南》是也。溯其权舆，实在唐人近体以前。而后人顾目之为诗余，义何居乎？吾友梁汾常云：诗之体至唐而始备，然不得以五七言律绝为古诗之余也；乐府之变，得宋词而始尽，然不得以长短句之小令、中调、长调为古乐府之余也。词且不附庸于乐府，而谓肯寄闰于诗耶？容若旷世逸才，与梁汾持论极合。采集近时名流篇什，为《兰畹》《金荃》树帜，期与诗家坛坫并峙古今。余得受而读之。余惟诗以苏李为宗，自曹刘迄鲍谢，盛极而衰；至隋时风格一变，此有唐之正始所自开也。词以温韦为则，自欧秦迄姜史，亦盛极而衰。至明末，才情复畅，此昭代之大雅所由振也。词在今日，犹诗之在初盛唐。唐人之诗不让于古，而谓今日之词与诗，必视体制为异同、较时代为优劣耶？兹集俱在，“即攀屈宋宜方驾，肯与齐梁作后尘”。若猥云缘情绮靡，岂惟不可与言诗，抑亦未可与言词也已。书以质之两君子。康熙丁巳嘉平月，会稽同学弟鲁超拜撰。

（据《今词初集》卷首）

纳兰性德词集评

冯金伯《词苑萃编》

《饮水词》哀感顽艳，得南唐二主之遗。（陈其年）

容若词，一种凄惋处，令人不能卒读，人言愁我始欲愁。（顾梁汾）

容若读书机速过人，辄能举其要。诗有开元风格。作长短句，跌宕流连以写其所难言。有集名《侧帽》《饮水》者，皆词也。（韩慕庐）

容若自幼聪敏，读书过目不忘，善为诗，尤工于词。好观北宋之作，不喜南渡诸家，而清新秀隽，自然超逸。海内名人为词者，皆归之。（徐健庵）

李佳《左庵词话》

八旗词家，向推纳兰容若《饮水》《侧帽》二词，清微淡远。

徐釚《词苑丛谈》

《侧帽词》，有西郊冯氏园看海棠《浣溪沙》云："谁道飘零不可怜。旧游时节好花天。断肠人去自今年。一片晕红才著雨，几丝柔绿乍和烟。倩魂销尽夕阳前。"盖忆香岩词有感作也。王俨斋以为柔情一续，能令九转肠回，虽山抹微云君，不能道也。

金粟顾梁汾舍人，风神俊朗，大似过江人物。无锡严荪友诗："瞳瞳晓日凤城开，才是仙郎下直回。绛蜡未消封诏罢，满身清露落宫槐。"其标格如许。画《侧帽投壶图》，长白成容若题《贺新凉》一阕于上，词旨嵌崎磊落，不啻坡老、稼秆。都下竟相传写，于是教坊歌曲间，无不知有《侧帽词》者。

丁绍仪《听秋声馆词话》卷十七

国朝词人辈出，然工为南唐五季语者，无若纳兰相国明珠子容若侍卫。所著《饮水词》于迦陵小长芦二家外，别立一帜。其古今体诗亦温雅。

谢章铤《赌棋山庄词话》

纳兰容若深于情者也。固不必刻划《花间》，俎豆《兰畹》，而一声《河满》，辄令人怅惘欲涕。

陈廷焯《白雨斋词话》

容若《饮水词》，在国初亦推作手，较《东白堂词》（佟世南撰）似更闲雅。然意境不厚，措词亦浅显。余所赏者，惟《临江仙·寒柳》第一阕及《天仙子·渌水亭秋夜》《酒泉子》（谢却荼䕷一篇）三篇耳，余俱平衍。又《菩萨蛮》云："杨柳乍如丝，故园春尽时。"亦凄惋，亦闲丽，颇似飞卿语，惜通篇不称。又《太常引》云："梦也不分明，又何必催教梦醒。"亦颇凄警。然意境已落第二乘。

……容若《饮水词》，才力不足。合者得五代人凄惋之意。余最爱其《临江仙·寒柳》云："疏疏一树五更寒，爱他明月好，憔悴也相关。"言中有物，几令人感激涕零。容若词亦以此篇为压卷。

谭献《复堂词话》

有明以来，词家断推《湘真》第一，《饮水》次之。其年、竹垞、樊榭、频伽，尚非上乘。

戴园独居，育本朝人词，悄然于钱葆酚、沈通声，以为犹有黍离之伤也。蒋京少选《瑶华集》，兼及云间三子。周稚圭有言："成容若、欧、晏之流，未足以当李重光。"然则重光后身，惟卧子足以当之。

文字无大小，必有正变，必有家数。《水云楼词》（珂谨按：即蒋春霖著）。固清商变徵之声，而流别甚正，家数颇大，与成容若、项莲生二百年中，分鼎三足……三家是词人之词。

胡薇元《岁寒居词话》

倚声之学，国朝为盛，竹垞、其年、容若鼎足词坛。陈天才艳发，辞风横溢。朱严密精审，造诣高秀。容若《饮水》一卷，《侧帽》数章，为词家正声。散璧零玑，字字可宝。杨蓉裳称其骚情古调，侠肠俊骨，隐隐奕奕，流露于毫楮间。玉津少年所写《铁笛词》一卷，刻羽调商，每逢凄风暗雨、凉月三星，曼声长吟，时恨不与容若同时耳。

219

张德瀛《词徵》

成容若《填词》诗云:"诗亡词乃盛,比兴此焉托。往往欢娱工,不如忧患作。冬郎一生独憔悴。判与三闾共醒醉。美人香草可怜春,风蜡红巾无限泪。芒鞋心事杜陵知,只今惟赏杜陵诗。古人且失风人旨,何怪俗眼轻填词。词源远过诗律近,拟古乐府特加润。不见句读参差三百篇,已自换头兼转韵。"愚按:容若词与顾梁汾唱和最多。"往往欢娱工,不如忧患作"两语,则容若自道甘苦之言。然容若词幽怨凄黯,其年词高阔雄健,犹之晋侯不能乘郑马,赵将不能用楚兵,两家诣力,固判然若别也。

王国维《人间词话》

纳兰容若以自然之眼观物,以自然之舌言情,此由初入中原,未染汉人风气,故能真切如此。北宋以来,一人而已。

……谭复堂《箧中词选》谓蒋鹿潭《水云楼词》与成容若、项莲生三百年间分鼎三足。然《水云楼词》小令颇有境界,长调惟存气格,《忆云词》精实有馀,超逸不足,皆不足与容若比。

况周颐《蕙风词话》

寒酸语不可作,即愁苦之音,亦以华贵出之,《饮水词》人所以为重光后身也。

容若与顾梁汾交谊甚深,词亦齐名,而梁汾稍不逮容若,论者曰失之脆。

……纳兰容若为国初第一词手。其《饮水诗填词》古体云:(略)。容若承平少年,乌衣公子,天分绝高,适承元明词敝,甚欲推尊斯道,一洗雕虫篆刻之讥。独惜享年不永,力量未充,未能胜起衰之任。其所为词纯任性灵,纤尘不染,甘受和,白受采,进于沉着浑至何难矣。暨自容若而后,数十年间,词格愈趋愈下。东南操觚之士,往往高语清空,而所得者薄。力求新艳,而其病也尖。微特距两宋若霄壤,甚且为元明之罪人。筝琶竞其繁响,兰荃为之不芳,岂容若所及料者哉。

蔡嵩云《柯亭论词》

纳兰小令,丰神迥绝,学后主未能至,清丽芊绵似易安而已。悼亡诸作,脍炙人口。尤工写塞外荒寒之景，殆扈从时所身历，故言之亲切如此。其慢词则凡近拖沓，远不如其小令，岂词才所限欤？

蒋瑞藻《小说考证》引《海沤闲话》

纳兰眷一女，绝色也，有婚姻之约，旋此女入宫，顿成陌路。容若愁思郁结，誓必一见，了此宿因。会遭国丧，喇嘛每日应入宫奉经，容若贿通喇嘛，披袈裟，居然入宫，果得一见彼姝，而宫禁森严，竟如汉武帝重见李夫人故事，始终无由通一词，怅然而去。

王易《词曲史》

清初词家，尤以纳兰成德为最胜……集中令词妙制极多，而慢词则非擅，偶学苏辛，未脱形迹。周之琦云："容若长调多不协律，小令则格高韵远，极缠绵婉约之致，能使残唐坠绪绝而复续，第其品格，殆叔原、方回之亚。"

张任政《纳兰性德年谱·自序》

人谓其出于《花间》及小山、稼轩，乃仅以词学之渊源与功力言之，至其不朽处，固不在于此也。梁佩兰祭先生文曰："黄金如土，惟义是赴。见才必怜，见贤必慕。生平至性，固结于君亲，举以待人，无事不真。"夫梁氏可谓知先生者矣。先生之待人也以真，其所为词，亦正得一真字，此其所以冠一代排余子也。同时之以词名家者如朱彝尊、陈维崧辈，非皆不工，只是欠一真切耳。

纳兰性德传记资料

《清史稿·文苑一》

性德，纳喇氏，初名成德，以避皇太子允礽嫌名改，字容若，满洲正黄旗人，明珠子也。性德事亲孝，侍疾衣不解带，颜色黧黑，疾愈乃复。数岁即习骑射，稍长工文翰。康熙十四年成进士，年十六。圣祖以其世家子，授三等侍卫，再迁至一等。令赋《乾清门》应制诗，译御制《松赋》，皆称旨。俄疾作，上将出塞避暑，遣中官将御医视疾，命以疾增减告。遽卒，年止三十一。尝奉使塞外有宣抚，卒后，受抚诸部款塞。上自行在遣中宫祭告，其眷睐如是。

性德乡试出徐乾学门。与从研讨学术，尝裒刻宋、元人说经诸书，徐为之序，以自撰《礼记陈氏集说补正》附焉，合为《通志堂经解》。性德善诗，尤长倚声。遍涉南唐、北宋诸家，穷极要眇。所著《饮水》《侧帽》二集，清新秀隽，自然超脱。尝读赵松雪自写照诗有感，即绘小像，仿其衣冠。坐客期许过当，弗应也。乾学谓之曰："尔何似王逸少！"则大喜。好宾礼士大夫，与严绳孙、顾贞观、陈维崧、姜宸英诸人游。贞观友吴江吴兆骞坐科场狱戍宁古塔，赋《金缕曲》二篇寄焉。性德读之叹曰："山阳《思旧》，都尉《河梁》，并此而三矣！"贞观因力请为兆骞谋，得释还，士尤称之。

……清世工词者，往往以诗文兼擅，独性德为专长，仁和谭献尝谓为词人之词。性德后，又得项鸿祚、蒋春霖三家鼎立。

《清史列传》卷七十一

性德，原名成德，字容若，纳兰氏，满洲正黄旗人。康熙十五年进士，授乾清门侍卫。少从姜宸英游，喜为古文辞。乡试出徐乾学之门，遂授业焉。善诗，其诗飘忽要眇，绝句近韩偓。尤工于词，所作《饮水》《侧帽》词，当时传写，遍于村校邮壁。生平淡于荣利，书史外无他好。爱才喜客，所与游皆一时名士。晚更笃意经史，嘱友人秦松龄、朱彝尊购求宋元诸家经解。后启于乾学，得抄本一百四十种，晓夜穷研，学益进。尝延友人陆元辅合订删补《大易集议萃言》八十卷、《陈氏礼记集说补正》三十八卷。又刻《通志堂九经解》一千八百余卷，皆有功于后学。精鉴藏。书学褚河南，见称于时。尝奉使觇唆龙诸羌。二十四年卒，年三十一。殁后旬日，适诸羌输款，上时避暑关外，遣中使拊其几筵哭而告之，以其尝有劳于是役也。著有《通志堂诗集》五卷、词四卷、文五卷、《渌水亭杂识》四卷，又有《全唐诗选》《词韵正略》。

徐乾学《通议大夫一等侍卫进士纳兰君墓志铭》
（康熙刻本《通志堂法集·附录》）

　　呜呼！始容若之丧，而余哭之恸也。今其弃余也数月矣。余每一念至，未尝不悲来填膺也。呜呼！岂直师友情乎哉。余阅世将老矣，从我游者亦众矣，如容若之天姿之纯粹、识见之高明、学问之淹通、才力之强敏，殆未有过之者也。天不假之年，余固抱丧予之痛。而闻其丧者，识与不识，皆哀而出涕也，又何以得此于人哉？太傅公失其爱子，至今每退朝，望子舍必哭，哭已，皇皇焉如冀其复者，亦岂寻常父子之情也。至尊每为太傅劝节哀，太傅益悲不自胜。余闲过相慰，则执余手而泣曰：惟君知我子，惠邀君言，以掩诸幽，使我子虽死犹生也。余奚忍以不文为辞。顾余之知容若，自壬子秋榜后始，迄今十三四年耳。后容若入侍中，禁廷严密，其言论梗概，有非外臣所得而知者。太傅属痛悼，未能殚述，则是余之所得而言者，其于容若之生平，又不过十之二三而已。呜呼！是重可悲也。

　　容若，姓纳兰氏，初名成德，后避东宫嫌名，改曰性德。年十七补诸生，贡入太学。余弟立斋为祭酒，深器重之，谓余曰：司马公贤子非常人也。明年，余忝主司，宴于京兆府，偕诸举人青袍拜堂下，举止闲雅。越三日，谒余邸舍，谈经史源委及文体正变，老师宿儒有所不及。明年，会试中式，将廷对，患寒疾，太傅曰：吾子年少，其少俟之。于是益肆力经济之学，熟读通鉴及古人文辞，三年而学大成。岁丙辰，应殿试，条对凯切，书法遒逸，读卷执事各官咸叹异焉。名在二甲，赐进士出身。闭门扫轨，萧然若寒素，客或诣者，辄避匿。拥书数千卷，弹琴咏诗，自娱悦而已。未几，太傅入秉钧。容若选授三等侍卫，出入扈从，服劳惟谨。上眷注异于他侍卫。久之，晋二等，寻晋一等。上之幸海子、沙河，及西山、汤泉，及畿辅、五台、口外、盛京、乌剌，及登东岳，幸阙里，省江南，未尝不从。先后赐金牌、彩缎、上尊、御馔、袍帽、鞍马、弧矢、字帖、佩刀、香扇之属甚夥。是岁，万寿节，上亲书唐贾至《早朝》七言律赐之。月余，令赋《乾清门》应制诗，译御制《松赋》，皆称旨，于是外庭金言，上知其有文武才，非久且迁擢矣。呜呼，孰意其七日不汗死也！容若既得疾，上使中官侍卫及御医，日数辈络绎至第诊治。于是上将出关避暑，命以疾增减报，日再三，疾亟，亲处方药赐之，未及进而殁。上为之震悼，中使赐奠，恤典有加焉。容若尝奉使觇梭龙诸羌，其殁后旬日，适诸羌输款，上于行在遣宫使拊其几筵哭而告之，以其尝有劳于是役也。于此亦足以知上所以属任之者非一日矣。

呜呼，容若之当官任职，其事可得而纪者止于是矣。余滋以其孝友忠顺之性，殷勤固结，书所不能尽之言，言所不能传之意，虽若可仿佛其一二而终莫能而悉也，为可惜也。容若性至孝，太傅尝偶恙，日侍左右，衣不解带，颜色黧黑，及愈乃复初。太傅及夫人加餐，辄色喜，以告所亲。友爱幼弟，弟或出，必遣亲近傔仆护之，反必往视，以为常。其在上前，进反曲折有常度。性耐劳苦，严寒执热，直庐顿次，不敢乞休沐自逸，类非绮襦纨绔者所能堪也。

自幼聪敏，读书一再过即不忘。善为诗，在童子已句出惊人，久之益工，得开元、大历间丰格。尤喜为词，自唐、五代以来诸名家词皆有选本。以洪武韵改并联属，名《词韵正略》。所著《侧帽集》，后更名《饮水集》者，皆词也。好观北宋之作，不喜南渡诸家，而清新秀隽，自然超逸，海内名为词者皆归之。他论著尚多，其书法摹褚河南，临本《禊帖》，间出于《黄庭内景经》。当入对殿廷，数千言立就，点画落纸，无一笔非古人者。荐绅以不得上第入词馆为容若叹息。及被恩命，引而置之珥貂之行，而后知上之所以造就之者，别有在也。容若数岁即善骑射，自在环卫，益便习，发无不中。其扈跸时，雕弓书卷，错杂左右。日则校猎，夜必读书，书声与他人鼾声相和。间以意制器，多巧倕所不能。于书画评鉴最精。其料事屡中，不肯轻为人谋，谋必竭其肺腑。尝读赵松雪自写照诗有感，即绘小像，仿其衣冠，坐客或期许过当，弗应也。余谓之曰："尔何酷类王逸少！"容若心独喜。所论古时人物，尝言王茂弘阘茸阘茸，心术难问；娄师德唾面自干，大无廉耻，其识见多此类。间尝与之言往圣昔贤修身立行，及于民物之大端，前代兴亡理乱所在，未尝不慨然以思。读书至古今家国之故，忧危明盛，持盈守谦，格人先正之遗戒，有动于中，未尝不形于色也。呜呼！岂非大雅之所谓亦世克生者耶，而竟止于斯也。夫岂徒吾党之不幸哉！君之先世，有叶赫之地，自明初内附中国。讳星垦达尔汉，君始祖也。六传至讳养汲弩，君高祖考也。有子三人，第三子讳金台什，君曾祖考也。女弟为太祖高皇帝后，生太宗文皇帝。太祖高皇帝举大事，而叶赫为明外捍，数遣使谕，不听，因加兵克叶赫，金台什死焉。卒以旧恩，存其世祀。其次子即今太傅公之考，讳倪迓韩，君祖考也。君太傅之长子，母觉罗氏，一品夫人。渊源令绪，本崇积厚，发闻滋大，若不可围。配卢氏，两广总督、兵部尚书、都察院副都御史兴祖之女，赠淑人，先君卒。继室官氏，某官某之女，封淑人。男子子二人，福哥。女子子一人，皆幼。君生于顺治十一年十二月，卒于康熙二十四年五月己丑，年三十有一。君所交游，皆一时俊异，于世所称落落难合者。若无锡严绳孙、顾贞观、秦松龄、宜兴陈维崧、慈溪姜宸英，尤所契厚。吴江吴兆骞久徙绝塞，君闻其才名，赎而还之。坎坷失职之士走京师，生馆死葬，于赀财无所计惜。以故，君之丧，哭之者皆出涕。为哀挽之词者数十百人，有生平未识面者。其于余绸缪笃挚，数年之中，殆日以余之休戚为休戚也，故余之痛尤深，既为诗以哭之，应太傅之命，而又为之铭。其葬盖未有日也。铭曰：

　　天实生才，蕴崇胚胎，将象贤而奕世也。而靳与之年，谓之何哉！使功绪不显于旂常、德泽不究于黎庶，岂其有物焉为之灾。惟其所树立，亦足以不死矣，而亦又奚哀！

徐乾学《通议大夫一等侍卫进士纳兰君神道碑文》（康熙刻本《通志堂集·附录》）

　　侍卫纳兰君容若之既葬，太傅公复泣而谓余曰：吾子之丧，君既铭而掩诸幽矣，余犹惧吾子之名传之弗远也，揭而表诸道，庶其不磨，然非君无与属者。余固辞不可。在昔蔡中郎为人作志铭，复为之庙碑者不一而足；韩退之于王常侍弘中厚也，既志其墓，又为隧道之碑，情至无已也。况余于容若师弟谊尤笃，是于法为得碑，于古为无戾，乃更撰次其辞以复于太傅。惟纳兰氏旧著姓为金三十一姓之一，望载图史，代产英隽。君始祖讳星垦达尔汉，据有叶赫之地二百余年，中国所谓北关者也。数传至高祖考讳养汲弩、曾祖考讳金台什。女弟作嫔太祖高皇帝，实生太宗文皇帝。而叶赫世附中国，当国家之兴，东事方殷，甘与俱烬。太宗悯焉，乃厚植我宗，俾续其世祀，以及次子讳倪伢韩者则太傅之父，而君之祖考也。太傅娶觉罗氏一品夫人，生君于京师。钟灵储祉，既丰且固。群自髫龀，性异恒儿，背讽经史，常若夙习。十七补诸生，贡太学有声，十八登贤书，十九举礼部试。越三年，廷对，敷事析理，谙熟出老宿儒上。结字端劲，合古法，诸公嗟叹。天子用嘉，成二甲进士。未几授以三等侍卫之职，盖欲置诸左右，成就其器而用之。而上所巡幸南北数千里外，登岱幸鲁，君常佩刀鞬随从，虔恭祗栗。每导行在上前骑前却视恒不失尺寸，遇事劳苦必以身先，不避艰险退缩。上心怜之，其前后赉予重叠视他侍卫特过渥已，进一等侍卫。值万寿节，上亲御笔书唐贾至《早朝》诗赐之。后月余，令赋诗献，又令译御制《松赋》，皆称善久之。然君自以蒙恩侍从无所展效，辄欲得一官自试。会上亦有意将大用之，人皆为君喜。忽以去年五月晦得寒疾卒，卒之日，人皆哀君，而又以才不竟用死为君深惜云。君自少无子弟过，天性孝友，黎明起趋太傅夫人所问安否，朝退复然。友爱二幼弟，与之嬉游，同其嗜好，怡怡庭闱间，日以至夜，暇则扫地读书。执友四五人，考订经史，谈说古今，吟咏继作，精工乐府，时谓远轶秦柳，所刻《饮水》《侧帽》词传写遍于村校邮壁，海内文士竞所摹仿。然君不以为意，客来上谒，非其愿交屏不肯一觌面，尤不喜接软热人，所相知心，款款吐心腑，倒囷囊与为酬酢不厌，或问以世事，则不答，间杂以他语，人谓其慎密，不知其襟怀雅旷如是也。当君始得疾，上命医数辈来，及卒，上在行宫，闻之震悼。后唆龙诸羌降，命宫使就几筵哭告之，以君前年奉使功故。君有文武才，每从猎射，鸟兽必命中，卒有成功于西方亦不为无所表见。殁时年仅三十有一。余既序而又系之以辞曰：

绵绵祚氏，著于上京。巍巍封国，叶赫是营。惟叶赫之祀，施于孙子。既绝复完，天子之恩。笃生相国，补衮是职。蓄久而丰，发为文章。宜其黼黻，为帝衣裳。帝谓汝才，爰置左右。出入陪从，刀鞬笔橐。匪朝伊夕，自天子所。亦文亦武，惟天子是使。生于膏腴，不有厥家。被服儒士，古也吾徒。何才之盛而德之静。我勒其封，谁曰不永。

姜宸英《通议大夫一等侍卫进士纳兰君墓表》
（光绪勿自欺斋刊《姜先生全集》卷十八）

君姓纳腊氏。其先据有叶赫之地，所谓北关者也。父今大学士、宫傅公；母一品夫人，觉罗氏。君初名成德，字容若，后避东宫嫌名，改名性德。以今年乙丑五月晦卒。卒而朝之士大夫及四方知名之士游于京师者，皆为君叹息泣下。其哀君者，无问识不识，而与君不相闻者，常十之六七。然皆以当今失君为可惜，则君之贤之才可知矣。君年十八九联举礼部，当康熙之癸丑岁。未几也，予与相见于其座主东海阁学士邸，而是时君自分齿少，不愿仕，退而学经读史，旁治诗歌古文词。又三年，对策则大工。时皆谓当得上第，而今上重器君，不欲出之外廷，置名二甲，久之，授三等侍卫，再迁至一等。

自上所巡幸西苑、南海子、沙河及登医巫闾山，东出阁至乌喇，南巡上泰岱，过祀阙里，渡江以临吴会，君鲜不左橐鞭右橐笔以从。遇上射猎，兽起于前，以属君，发辄命中，惊其老宿将。所得白金绮绣、中衣袍帽、法帖佩刀、名马香扇之赐，前后委属。间令赋诗，奉诏即奏稿，上每称善。

二十一年八月，使觇唆龙羌。其地去京师重五六十驿，间行或累日无水草，持干粮食之。取道松花江，人马行冰上竟日，危得渡。仅抵其界，卒得其要领还报，上大喜。君虽跋涉艰险，归时从奚囊倾方寸札出之，叠数十纸，细行书，皆填词若诗，略记其风土方物。虽形色枯槁不自知，反遍示客，资笑乐。

性雅好读书。日黎明间省华，即骑马出，入直周庐，率至暮，虽大寒暑，还坐一榻上翻书观之，神止闲定，若无事者。诗萧闲冲淡，得唐人之旨。然喜为长短句特甚。尝言："诗家自汉魏以来，作者代起，姓氏多澌灭。填词滥觞于唐人，极盛于宋，其名家者不能以十数，吾为之易工，工而传之易久。而自南渡以后弗论也"。其于词，小令取唐五代，宗晏氏父子；长调则推周、秦及稼轩诸家。以为其章法转换，顿挫离合之妙，正与文家散行体何异，而世故薄之，何耶？故即第左葺茅为庐，常居之，自题曰"花阑草堂"。视其凝思惨淡，终合天巧，真若有自得之趣者。

今年五月辛巳，君将从驾出关，连促予入城。中夜酒酣，谓予曰："吾行从子究竟班马事矣，子谓我何如？予笑曰："顷闻君论词之法，将无优

227

为之耶？"是时，窃视君意锐甚。明日予出城，君固留，愿至晚。予不可。送予及门，曰："吾此行以八月归，当偕数子为文字之游。如某某者，不可以无与，君宜为我遍致之。"

先是万寿节，上亲书唐贾至《早朝》诗赐君；月余，令赋《乾清门应制》诗及译御制《松赋》皆称旨。于是复挈予手曰："吾倘蒙恩得量移一官，可并力斯事，与公等角一日之长矣弛]。"意郑重若不忍别者。然不幸以明日得疾，七日，遂不起。年止三十一。

以君之才与志，使假之天年，古人不难到。其终于此，命也。居闲素缜密，与人交，遇意所不欲，百方请之不可得谒。及其所乐就，虽以予之狂，终日叫号慢侮于其侧，而不予怪，盖知予之失之不偶，而嫉时愤俗特甚也。然时亦以此规予，予辄愧之。君视门阀贵盛，屏远权速，所言经史外绝不及时政。所接一二寒生罢吏而外，少见士大夫。

事两亲，退食必在左右。遇公事必虑，不避劳苦。尝司天闲牧政，马大蕃息。侍上西苑，上仓卒有所指挥，君奋身为僚友先。上叹曰："此富贵家儿，乃能尔耶！"其感激主恩深厚，思所图报，日不去口。

然视文章之士，较长絜短，放浪山水，跌宕诗酒，而无所羁束，常恨不得身与其间，一似以贫贱为可乐者。于世事如不经意，时时独处深念，则又怒然抱无穷之思。人问之，不答。以此竟死，其施不得见，其志未就也。而吾辈所区区欲为君不朽之传者，亦止于此而已。悲夫！

君始病，朝廷遣医络绎，命刻时以状报。及死数日，唆龙外羌款书至。上时出关，即遣宫使就几筵哭而告之，以前奉使功也。赗恤之典，皆溢常格。呜呼！君臣之际，生死之间，其可感也已。

君所辑有《词韵正略》《全唐诗选》，著诗若干卷；有集名《侧帽》《饮水》者，皆词也。书行楷遒丽，得晋人法。娶卢氏，继官氏。其中外世系，详载阁学所撰墓志铭及顾舍人辈华峰所次行述。副室以某氏。生子二人，女子一人。了长曰福哥，次某。